文庫

国道食堂 1st season

小路幸也

徳間書店

1st season

CONTENTS

Design：坂野公一（welle design）

1st season

二方将一

三十三歳　配置薬ルート営業マン

最初にここを通ったときに思った。

何でこんな場所に食堂が？　って。

小田原《おだわら》を抜けてしばらく走ったら上り坂になっていって、あぁこの辺《あた》りから山なんだな、と思って坂を越えたら右側に郡山川《こおりやまがわ》が見えてその反対側に広い砂利《じゃり》敷きのスペースが現れて、その端にポツンと一軒家。

いや、一軒家って言うより昔の小学校を一回り小さくしたような木造二階建ての建物。

そして、道路脇《わき》にはその建物と周《まわ》りの雰囲気《ふんいき》にまるっきり似合っていないのか、ひょっとしたら似合っているのか微妙《びみょう》な時代遅れのネオンの看板。

〈ルート517〉

確かにここは国道五一七号線だから、それをそのまま店名にしたんだろうけど、そのネオン看板の下に大きな板がぶら下がっていて、そこにはペンキで字が書いてあった。

〈国道食堂〉

どっちが店名なんだ！　って心の中でツッコミながらも、吸い込まれるようにしてそこの駐車場に入ってしまった。入ってしまってからどうして入っちゃったんだろうってしばらく運転席に座ったまま考えたんだけど。

でも、ここは、ちょうどいい場所なのかもしれない。

たとえば朝になんだかんだ準備して出発したら、神奈川側からでも山梨側からでもどっちから来てもここらでお昼時になってしまうかも。夕方にどっちかを出発したらちょうど晩飯時か。

向かい側の郡山川に架かる橋を渡ったところには錦織《にしきおり》の集落があって、あそこは人口三千人はいて、車がないと暮らしていけない場所だし飲食店はないから、平日でもここまでご飯を食べに来る人もきっとそこそこいるだろう。歩こうと思えば歩けない距離でもないし、自転車でもあれば楽勝だ。

何よりも、小田原市から甲府《こうふ》市に抜けていく裏ルートとしてここはドライバーの間ではよく使われているらしいんだ。トラックもたくさん走るし僕らみたいな営業マンも走る。

他にもいろんな用事で走る人はいるだろう。

表のルートであろう高速道路を走れば早く着くけど、こっちの方が景色は良《い》い。何よりもアップダウンとカーブの連続具合が微妙に気持ちよくて、眠くならないって話だ。その眠くならないって感じ、すごく大事なんだ。

配置薬《はいちやく》のルート営業マンになって本当に実感する。道路によってはあっという間に眠くなってしまうようなところは確かに存在して、そういう道路は〈魔のなんとか〉って呼ばれて事故多発地域になっていたりするんだ。

西《にし》さんはよくそういう話を聞かせてくれる。気をつけろよって。この国道五一七号線を使って山梨に入っていくルートも西さんに教えてもらった。

「あ、そうか」

西さんが言っていた〈いいメシ屋がある〉って、ここのことかもしれないな。後で訊《き》いてみよう。

駐車場に入ったはいいけど、昼飯にはまだ早いからお腹《なか》は空《す》いていない。

こっちの営業所に移ってきた初日は朝からしっかりミーティングをして、それからとにかく車で走りながら担当地域の地理を把握《はあく》して訪問家庭もひとつずつ回って雰囲気を摑《つか》んで、新規開拓できるようなところも自分なりに摑んでいく。

前任者がいきなりいなくなってしまったところに来た場合には、とにかく何もかも今あるデータをベースにして、後は自分の感覚でやっていくしかないんだ。そしてそれは今まで上手《うま》くいっていたんだ。

（晩ご飯を食べに来ようか）

これから錦織を回って、それから賀毛《かげ》市に向かってぐるりとお宅を回って治畑《ちばたけ》に戻ってきたらきっともう暗くなっている。しばらくは忙しくて部屋で自炊する暇《ひま》も気力もないだろうから、ちょうどいいや。

後で来よう。

三十三歳の誕生日の晩餐《ばんさん》は〈ルート517〉もしくは〈国道食堂〉だ。

何が美味《おい》しいのかわからないけど、こういうところはがっつり食べさせてくれることだけは絶対に間違いない。

アクセルを踏みながらハンドルを切って、国道五一七号線に出る。

「なんだこれ」

夜の八時を回ってしまってもう山の中はとっぷり暮れて、真っ暗闇《くらやみ》の中に国道を走る車のヘッドライトとテールライトだけが光のラインを作っていく。

営業所には、遅くなってしまったので直帰するって連絡を入れておいたので、後は自分のアパートの部屋へ帰るだけ。思いっ切りお腹が空いているので〈国道食堂〉に寄って、がっつり晩ご飯を食べることだけを考えて車を走らせてきたんだけど。

駐車場がほとんど車で埋まっていた。

こんなだだっ広い駐車場なのに。

いや、大型トラックが六台も停《と》まっているからそれだけでかなりのスペースを取っているのは確かだけど、その他にも乗用車が十台以上、軽トラもけっこうな数が停まっている。

「こんなに繁盛《はんじょう》しているのか」

八時だから、確かにまだ晩ご飯の時間ではある。繁盛って言っても車一台につきドライバー一人ならせいぜいが三十人弱。建物の広さから考えるとそれだけ入ってもそんなに混《こ》んでいる感じはないだろうけど。

「ないだろうけど」

こんな田舎《いなか》の国道沿いの、しょぼい感じの食堂に、八時過ぎにその人数は多すぎだろう。

いや、余程《よほど》ここの飯《めし》が旨《うま》いのかもしれない。

あんまりにも旨いものだから評判が評判を呼んで、こうしていつも混んでいるのかもしれない。ましてや金曜の夜だから。

うん、きっとそうだって思って鼻息も荒く車を降りて店の入り口に急いだら。

「わ」

びっくりした。

店の中から、歓声。

「歓声？」

食堂から歓声？　ナイターでもテレビでやっているのか？　いや一人二人の声じゃないぞ。それこそ十何人も大声で何かを応援しているような。

歓声。

まるで昔の縁側の戸みたいな窓のない木の扉をスライドさせると、熱気のようなものが身体《からだ》にぶつかってきた。

熱気と、旨そうな何か料理の匂《にお》いと、それから。

リング。

リングが眼《め》に飛び込んできた。

白い蛍光灯に照らされた、真《ま》っ赤《か》と真っ青《さお》なコーナーポストを持つリング。

「うおっしゃあ!!」

腹の底から絞り出された男の声と、リングに叩《たた》きつけられる身体の音。周りで観ている男達の歓声。

「いくぞぉお!!」

リングの上のレスラーが右腕を大きく天井に向けて突き立てた。握られた拳《こぶし》が細《こま》かく震《ふる》える。

まるでワカメみたいな波打った長髪に、アメリカの戦争映画に出てくる軍曹みたいにゴツイ日本人離れした顔。

あれは。

あのレスラーは。

〈マッド・クッカー〉

本橋十一《もとはしじゅういち》。

「ええっ!?」

思わず声が出てしまった。その僕の声を聞いたのか、入り口にいちばん近いテーブルでカレーライスを食べていたおっさんが、僕を見た。

見て、にやりと笑った。

このおっさんはリングの方を向かないでカレーライスを食べている。

「ここは初めてかい」

「あ、はい」

頷《うなず》いた。カレーライスのおっさんはよれたスーツ姿だ。少なくともトラックドライバーじゃない。何かの営業マンか。その他にも何人か、特にリングの方を見るわけでもなく普通に飯を食べている男達がいる。リングの周りに陣取って完全に〈観戦〉して騒いでいるのは、半分ぐらいいか。

「ここじゃ金曜の夜からいろいろやってんだ。ああやってリングを使ってさ」

カレーのおっさんがスプーンでひょいとリングの方を指して言った。

「あの男はここのコックで経営者なんだけどね、元はプロレスラーなんだぜ」

「本橋十一ですよね」

「何だ、知ってるのかい」

あんたもプロレスファンかい、ってカレーのおっさんは言って笑う。

ファンって言えるほどじゃない。

リングで戦っている本橋十一は何度かテレビ画面の中で見ただけだった。格闘技そのものは嫌いじゃないけど、プロレスは夢中になるほどじゃあなかった。観戦するスポーツとしては野球やサッカーの方が好きだ。そっちならファンって言える。

でも、画面の中じゃなくて、ランニングしている本橋十一は高校生の頃《ころ》に何度も見たことがある。見るどころか、一緒に並んで走ったこともある。たまに朝のジョギングとかしていたから。

訊《き》いて知ったんだけど、その頃住んでいたアパートの近くに、本橋十一が所属していたプロレス団体の道場があったんだ。これも後で知ったんだけど何人ものレスラーがその辺をランニングしていたそうだ。

それで、大《たい》したファンでもないのに彼のことは覚えてしまったんだ。走っている最中に何度か声を掛け合ったこともあったけど、ただそれだけだったから彼は、僕のことなんか覚えていないだろう。

「いらっしゃーい。空《あ》いてる席へどうぞー」

禿《は》げ頭で白衣を着たおじいさんが声を掛けてくれた。

「リングの近くは埃《ほこり》が立つから、飯を食べてから移動した方がいいよー」

「あ、はい」

確かにそうだ。どんなにきれいに掃除をしたって、あれだけ派手に動けば埃は立つ。

メニューはテーブルの上にファイルが置いてあった。その他にも厨房《ちゅうぼう》の壁のところに短冊《たんざく》みたいにして貼《は》ってある。

カレーライスはもちろん、天丼、カツ丼、豚のショウガ焼き定食、回鍋肉《ホイコーロー》定食、焼き魚定食、うどんにそばに、ナポリタンにオムライス、ビーフシチューもある。特に珍しいメニューやオリジナルなものはないみたいだけど、和洋中と何でもある。こんなに何でもあると材料を揃《そろ》えるだけで大変じゃないか、それでやっていけるのかって思ってしまうけど、店の中を見ればわかる。

ここは繁盛しているんだ。ものすごく古くさくて昭和感が満載の建物はお世辞にもきれいとは言えないけど、雰囲気がいいんだ。ご飯を食べている人は皆揃っていい顔をしている。

「ここのカレーは絶品だよ」

カレーのおっさんはもう食べ終わって立ち上がって財布を出しながら言った。

「あと、餃子《ギョーザ》も旨い。とにかく何でも旨いけど、私はいつもその二つを代わり番こに食べてるよ」

「そうなんですか」

カレーとギョーザか。じゃあそれを二つとも頼めばいいじゃないか。最高の組み合わせじゃないか。

「じゃあ、カレーとギョーザをお願いします」

「普通盛りでいいかい」

にこにこしている禿げ頭のおじいさんが訊いた。

「あ、じゃあカレーは大盛りで」

あいよー、って笑っておじいさんは厨房に入っていった。厨房の中には洗い物や何かをやっている中年のおばさん、いやもうおばあさんっていう年齢かな。ご婦人が二人いる。パートか何かだろうか。それとも、本橋十一さんが経営者ってことは、あの人のご家族だったりするんだろうか。

リングの上で、レフェリーっぽい人のカウントが始まった。

あくまでも、っぽい、人だ。ひょっとしたらただのプロレス好きのお客さんかもしれない。白いワイシャツに黒のスラックスだから、どこかの営業マンが上着とネクタイを外《はず》しただけなのかも。

ワン・ツー・スリー！

観ていた人も一緒になって叫んで、立ち上がったのは長髪が汗で顔に張り付いている〈マッド・クッカー〉本橋十一だった。

高々と腕を上げて、笑っている。勝者の笑顔じゃなくて、楽しくてしょうがないって笑顔だ。

プロレスラー本橋十一は引退したはずだ。十年かそこら前のニュースでそれを知った。知っただけで、あぁそうかって思っただけなんだけど。

だから、きっとこれは試合とか勝負とかじゃないんだ。楽しんでプロレスをやっている。

その証拠に本橋さんは倒れているレスラーに笑いながら手を差し伸べて、そのレスラーも笑いながら手を取ってゆっくり立ち上がった。そもそもこの負けた人は素人《しろうと》だと思う。素人の僕が見ても、本職のレスラーじゃなくて趣味でやっているような人だってわかるような身体をしている。

本橋さんのような本物のレスラーの身体じゃない。いや、本橋さんの身体もけっこうたるんじゃっているのがわかるけれども、それでも、レスラーの身体をしている。そういうのって、素人でもわかるもんだなって初めて気づいた。

レスラーは、リングに立っているのが本当によく似合う。

それも今、気づいた。

走っている本橋さんの姿は覚えているけれど、それよりも、そしてたぶん食堂の厨房にいるよりも、本橋さんはリングに立っているのがいちばん似合うんだろうなって。

そう思った。

自然に笑顔になっていた。羨《うらや》ましいな、とも思った。スポットライトじゃなくてただの蛍光灯の照明だけど、その明かりの下で高いところで汗を流している本橋さんが、羨ましく思えたんだ。

☆

学校の勉強はできた方だった。小学校、そして中学校は常に成績は学年の上位だったし、単純に学校の勉強だけじゃなくて頭の回転もいいと自覚していた。

何でも、どんなことでも、そつなくこなすことができたんだ。そりゃあ天才ってわけじゃないけれども、勉強でもスポーツでも人並み以上にこなせる自信があった。実際、こなしていたんだ。

高校に入ったときに、演劇部に入った。それは入りたかったわけじゃなくて、担任が演劇部の顧問《こもん》の先生で、入学式の日に勧誘されたんだ。

「君は立ち姿が実にいい。舞台映《ば》えする」って。立ち姿がいいなんてそんなふうに言われたのは初めてで、まぁ確かにスタイルはそこそこいいし顔も不細工じゃないし、それなりにイケメンじゃね？　って思っていたのも確かにあった。

芸能界っていうか、派手な世界への憧《あこが》れは少しあった。あったけれども、なまじっか頭が良かったのでそういうことに興味があるなんて言えなくて。でも、演劇部ならいいんじゃないかって。そこの学校では歴史も実績もある部活だったし、舞台に立って演技をする自分を想像するとけっこうわくわくできたから。

やってみたら、水に合った。

文字通り水を得た魚《うお》になったような気がした。

ステージに立つこと、別人になって演技をすること、仲間と一緒にひとつのものを作り上げること。何よりも、スポットライトと拍手を浴《あ》びること。

快感だった。

小さい頃からの読書好きだったことも役に立った。その年の新入部員でシェイクスピアを読んだことがあるのは僕だけだった。もちろんそんなのを読んでいなくても演劇はできるけれど、素養《そよう》ってものだ。顧問だった丹治《たんじ》先生によると「物語を多く読む人は、それだけ役になり切ることができる可能性が高い」そうだ。

つまり、小説を読むことに没頭《ぼっとう》しているときは、完全にその物語の中の登場人物の気持ちに同化してなり切って読んでいる人が多い。それはつまり、演技にも通じる、らしい。

本当かどうかは知らないけれど、けっこうこれは当たっていると思う。読書好きの人は、朗読が巧《うま》い人も多い。そのまま演技が巧い人だっている。全部が全部じゃないけど、確かに僕はそれに当てはまったんだろうと思う。

それで、高校時代は演劇に夢中になっていた。大学に入っても演劇を続けて、どこかの劇団に入ってあわよくば映画とかテレビとかにも出て有名な俳優になれたらどんなにいいだろうと思っていた。

その夢は、淡《あわ》く消えた。

父親が、急死した。

心筋梗塞《しんきんこうそく》だった。

タクシー運転手だった父は、前の日は夜勤だったのでたまたま顔を合わせなかったから、何の言葉も交《か》わさないまま逝《い》ってしまった。最後に父と話したのはどんな内容だったかも、いまだに思い出せない。

まだ小学生の妹と中学生の弟がいたので、大学進学はあきらめた。働いて、専業主婦で就職したこともなかった母親と一緒に家族を養わなきゃならなかったんだ。

何でも良かった。製薬会社に入ったのも、そこの配置薬の営業マンになったのも、高卒でも学歴は何の関係もなく、実力でどんどん上に行けるという話だったからだ。

実際、その通りだった。

演劇部で鍛《きた》えた発声や明るく接することができる〈演技〉はものすごく役に立ったと思う。それで僕は新規の顧客《こきゃく》をどんどん開拓していった。

こんなに新規開拓をした新人は初めてのことじゃないかって声も聞こえてきた。

何よりも僕は、仕事が楽しくなったんだ。

営業として自社の薬の効能を覚えることも、お客さんの話を聞いてあげることも、置かれた薬が皆の役に立ったと聞かされることも。

何もかも、どんどん楽しくなっていった。

三年でマネージャーにまで昇進して、五人の部下を抱《かか》える身になったけれど、管理職になると途端《とたん》に仕事がつまらなくなった。

現場が、お客様と常に触れ合うルート営業マンの仕事がいちばん自分に合っていると思って異動を申し出た。

それからだ。

営業成績が上がらない地域や、何か事故や病気でやり手の営業マンが亡くなってしまったときに、そこにヘルプに入るようになったのは。

〈渡り鳥〉なんてあだ名も貰《もら》っている。こんなふうにどこにでもすぐに向かえるのは数ある出張所社員の中でも僕ぐらいだからだ。しかもマネージャー待遇《たいぐう》で。

だから、どこに行っても頼りにされるし、その信頼に応《こた》えることは、すごく嬉《うれ》しい。

やりがいのある仕事だ。

そう思ってる。

☆

旨い。本当にカレーが美味しい。そしてギョーザも野菜たっぷりで美味しい。これならもう一皿頼んでもいけるんじゃないか。

もうリングには本橋十一はいなかった。さっき笑顔で降りていってそのまま後ろの階段から二階へ上がっていった。張り紙によるとここの二階は簡易宿泊所にもなっているらしい。しかも、どうしてなのか温泉も出ているらしい。一泊風呂《ふろ》付き朝飯付きで千五百円。これはけっこう安いんじゃないだろうか。今度何かあったら利用してみてもいいかも。

「お客さん」

いきなり後ろから野太い声が掛かった。

振り返ったら、そこに本橋十一が笑顔で立っていた。紺色のTシャツに真っ赤な短パン。見える腕や足は本当に太い。シャワーでも浴びたのか、顔が上気《じょうき》して髪の毛が濡《ぬ》れているし石鹼《せっけん》の匂いもしている。

「本橋さん」

「やっぱりそうだ。お前、近所のガキだったよな？」

もう三十過ぎのおっさんなのに、ガキと言われてしまった。でも、何の邪気《じゃき》もなく気さくに話しかけられたそのニュアンスが嬉しかった。

「そうです」

言うと、嬉しそうに手をすり合わせて本橋さんは僕の前に座った。

「リングから見えたんだけどさ。お前、全然変わってないのな。あのガキのまんまでさ」

「いや、本橋さんこそ。変わってないです」

本当に変わっていない。引退して十年も経《た》つのが信じられないぐらいに。

「本橋さんはこそばゆいな、十一でいいぜ。知らない仲でもないだろ」

そうだった。十一さんって皆に呼ばれていたっけ。いや、でも知らない仲でもないって、本橋さん僕の名前も知らないでしょ。

「二方《ふたかた》だったよな？　ちょっと変わった名字で」

びっくりした。名前は教えたかどうか全然覚えていなかったんだけど。

「そうです」

頷きながら十一さんはお茶を注《つ》いでくれた。

「もういいのか？　カレーはお代わりもできるぞ」

「あ、もういいです。ごちそうさまです」

食べ終わった僕のカレーの皿を素早く厨房のところまで下げてくれて、また戻ってきた。

「お前、演劇やってたよな」

またびっくりした。

本当に凄《すご》い、驚いた。

「何で知ってるんですか」

十一さんがニヤリと笑った。

「何でって、お前さ、二方さ。一回だけだけど走っているときにチラシ持ってきたじゃないか。高校の学園祭で、オリジナルの演劇やるから良かったら皆で観に来てくださいってさ」

「あ」

そうだった。

思い出した。どうしてそんなことをしたのか覚えてないけど、渡した。学園祭のチラシを。

「来てくれたんですか?!」

「行ったよ。女子高生と仲良くできるかもっていう不純な動機でさ、行ったんだぜ。若いのを連れて四人ぐらいで」

全然知らなかった。あの後、高校時代に十一さんに会ったことはなかった。たぶん、チラシを渡したときが最後だったのかもしれない。

「ありがとうございました」

いやいや、って十一さんは手を振る。

「それで、ちゃんと演劇も観に行ったんだ。おもしろいタイトルだったよな。『じゃがいもブルース』」

うわ。

鳥肌が立ってしまった。

自分でも忘れていた、いや思い出すこともしなかった高校時代のオリジナル脚本のタイトル。

そうだ、『じゃがいもブルース』だ。

「脚本と主演がお前だったじゃないか。パンフレット貰ったから名前も覚えたし、俺《おれ》な、今でも覚えてるんだぜ。あのときのお前の台詞《せりふ》」

「え？」

台詞？

十一さんが笑った。

「最後のシーンでさ。『戦うってことは、生きることだ。生きることは、戦うことだ』って台詞がよ。随分《ずいぶん》と沁《し》みちまったんだよ。心にさ」

「そんな」

本当ですか。本当にですか十一さん。

今の今まで思い出しもしなかったそんな台詞。

「まぁちょうど俺にもいろいろあった時期でさ。そんなのもあったんだろうな。戦うってのは俺たちの職業じゃんよ。それは生きることだってぇのに、えらく反応しちまってさ。いや、本当になんだよ」

嬉しい。とてつもなく、嬉しい。高校を卒業して十年以上も経ってそんな感想を聞けるなんて。

「でも、何でそんなに、覚えるぐらいに真剣に観てくれたんですか?」

「そりゃあ、おもしろかったからに決まってるじゃないか」

「おもしろかった」

あたりまえだ、って十一さんが続けた。

「プロレスだってそうだ。試合がおもしろくなきゃ、誰《だれ》もリングなんか観てくれない。おもしろきゃ、名勝負として記憶に残る。そういうもんだろ。プロレスも演劇も、リングとステージっていう違いだけで、後は同じじゃないのか」

プロレスも、演劇も同じ。

そうだ、確かにそうだ。

「それにさ、お前とラブシーンをやってたヒロインの名前が、繭子《まゆこ》だったろ」

「そうです」

それも忘れていた。いや覚えてはいたけれど、忘れようとした女性。繭子は、副部長だった池野美智《いけのみち》だった。

「あれ、俺の母《かあ》ちゃんの名前だったのさ」

「お母さんの」

そうそう、って十一さんが笑った。

「親父《おやじ》が死んだ後、ずっとここを一人でやっていた母ちゃんの名前が繭子だったんだよ。

それで、余計に覚えていた」

お母さんが一人でここを。思わず厨房の方を見たけど、お母さんらしき年齢の人は、あの二人のご婦人だけど。

「あぁ」

十一さんが言う。

「母ちゃんはな、それこそ十年ぐらい前に死んじまった。俺が」

微笑《ほほえ》みながら、食堂を見渡した。

「ここを継ごうって思ったのも、それからだ」

「じゃあ、引退したのも」

おう、って強く頷いた。

「まぁあれだ、知らんだろうけど股関節《こかんせつ》をやっちまっててな。手術したけどもうダメでな。いろいろと潮時《しおどき》だったってのは、あったんだ。そんなのと母ちゃんが倒れたのが重なってな」

そうだったのか。いろいろあったのは十年ぐらい前だろうから、その辺のことだったのか。

「じゃあ、あのリングは」

指差したら、ニヤリと笑った。

「あそこには、以前は自販機がずらりと並んでたんだ。親父が死んでから母ちゃんが一人でやるのには広過ぎるってな。で、俺はそれを全部とっぱらっちまってさ。貰い受けた道場で使っていた古いリングを設《しつら》えたんだ」

「試合をやろうとしたんですか」

「いや、最初はな、引退してもこうやってリングの上で練習でもできれば身体が鈍《なま》らなくていいかな、って感じでいたんだけどな。俺が引退してこの店をやってるって聞いて来てくれる連中がけっこう多くてさ。そして来てみたらリングがあるってんでな」

頼まれて暇《ひま》なときにリングに上がって、プロレス好きのお客さん相手にいろいろと教えていたら、試合をしたいって話になった。

それじゃあ、と、週末に余興《よきょう》として素人プロレスを始めてみたらけっこうな評判になった。

「何せほら、トラックの運ちゃんには力自慢の連中も多いからよ」

「あぁ」

それはそうかもしれない。プロレスに興味はなくても、腕っぷしで勝負したがる人が中にはいるのかもしれない。

そのうちに、リングを使っていないときに音楽のライブはできないかって言ってくる人も出てきたって十一さんは続けた。

「ライブですか」

「そうなんだよ。機材なんかねぇからさ。生でいいんならやっていいぜって」

許可したら、自分たちで機材を持ってきてここでライブをやる連中もどんどん増えてきたって言う。

「なんだかんだでな、週末はいっつもリングの上で何かしらやってるようになっちまったよ」

そうか。そういうことだったのか。

「本当に、リングがステージになっちゃったんですね」

「だな」

嬉しそうに、十一さんが頷きながら笑った。

「あれ、なんか会えたのが嬉しくて引き止めちまったけど、もう仕事はいいのか？」

腕時計を見ながら十一さんが言う。

「いいです。もう終わって、後は部屋に寝に帰るだけです」

そうか、って頷く。

「でも、あれだよな。まさかここで再会できるとはな。あれか、転勤とか、そんな感じか」

「そんな感じです」

本当にそんな感じだ。

「じゃあ、しばらくはこっちにいるんだろ。独身か？　飯食いに来いよ。常連さんには身体に気を遣った料理なんかも作ってやるからよ」

「ありがとうございます」

そうしよう。

アパートからここまでは車で三十分は掛かってしまうけど、ルート営業マンにとって三十分の車の運転なんて近所のコンビニに行くみたいなもんだ。

「必ず、来ますよ」

〈ルート517〉もしくは、〈国道食堂〉に。

1st season

本橋十一

五十七歳　〈国道食堂〉店主　（元プロレスラー）

うちの七不思議のひとつなんだが、木曜の夜は何故《なぜ》か極端に客が少ない。

交通量の調査でもやってもらったらわかると思うんだが、たぶん車の通行量自体がかなり、相当、ひどく少ないんじゃないか。どうしてかはさっぱりわからんのだけど、とにかく圧倒的に少ないんで、木曜の夜の食堂だけは早く終わることが多い。いやほとんど早く終わる。

うちは二階に宿泊部屋があって泊まることもできるから基本は二十四時間、つまり、ここに住んでいる俺《おれ》がいる間はいつでも受付けはしている。

ま、普通は夕方ぐらいにやってきて「今晩泊まるわー」って受付けしていく場合がほとんどなんだけどな。

風呂《ふろ》は二十四時間いつでも入れる。泊まらなくても風呂だけでも入れる。その場合は入浴料は三百円だ。あまり宣伝はしていないから入った人間やこの辺の人しか知らないけど、実は温泉なんだ。天然温泉がここには湧《わ》いている。その温泉も含めて親父《おやじ》は買い取ったんだ。湯量がそんなに多くないしお湯の熱さも若干《じゃっかん》足りないけど、五、六人が一度に入れるぐらいの小さな風呂だから掛け流しで充分《じゅうぶん》やっていけるんだ。

食堂は、普段は大体《だいたい》午後十時には閉める。

泊まりの人間、もしくはそれ以降の時間にここに寄った人間で何か腹が減ったら自販機で売ってるもので小腹を満たしてもらう。食堂に置いてあるポットでお湯はいつでも沸《わ》かせるし、電子レンジも使えるようにしてある。

たとえば三キロ向こうにあるコンビニで弁当とカップ麺《めん》を買ってきてここで温《あたた》めて飯《めし》を食って、さっと湯に浸《つ》かって自分の車の中で仮眠をとる、なんてこともできる。駐車場はそんなに広くないから、夕方からずっといて車中泊まりのための駐車はご法度で、あくまでも仮眠のための駐車は早い者勝ちだ。

それで、木曜だけはいつも十時どころか八時半を回る頃《ころ》には食堂に誰《だれ》もいなくなっちまうので、九時ぐらいには閉めるんだ。それが習慣になっちまってるから、よく知ってる連中は木曜の夜にはここに寄ろうとはあんまり思わなくなっちまった。そういうサイクルみたいなのもあるかもな。定休日もないからそれはそれでいいかって考えている。

二方《ふたかた》の運転する薬屋さんのバンが駐車場に入ってきたのも、八時半過ぎに食堂の電気を落とそうと思ったときだった。

そういやぁあいつはまだ木曜の夜のこの時間に来たことはなかったなと思った。

「ほい、〈唐揚げチャーハン〉特盛りおまちど」

「あ、ありがとうございます」

作っているうちに食べたくなったので自分の分の唐揚げも作って、二方の正面に座った。もう誰もいない食堂で、男二人で向かいあっての夜食だ。

唐揚げってメニューには書いてあるけど、実は〈ザンギ〉だ。

北海道の方の名物。

まぁどっちも鳥の唐揚げには違いないんだけど、ザンギは思いっ切り下味を付けるのが特徴っていやぁそうらしい。実際にはほとんど変わらないらしいんだけどな。

俺のは巡業でよく行っていた旭川《あさひかわ》市の〈春正《はるまさ》〉って店の味付けを貰《もら》った。そこのおやっさんに気に入ってもらって、教えてもらったんだよ。

ギョウジャニンニクを一晩漬け込んだ醬油《しょうゆ》ダレを使って下味を付けるのが秘訣《ひけつ》なんだ。正にその醬油ダレが秘伝のタレってやつだ。

これが本当に、旨《うま》い。

もう下手《へた》したら何百個も食べているんだが、飽《あ》きない。本当に飽きない。旨い。

もちろん、この秘伝は誰にも教えない。もしも俺に子供ができて、その子がこの食堂を継ぐんだったら教えるが、そうでなければ誰にも教える気はない。いや、子供じゃなくてもここを継いでくれる若い奴《やつ》がいてくれたら教えてもいいんだけどな。

このザンギに、同じくギョウジャニンニクを漬け込んだ醬油ダレを隠し味に使う玉子チャーハンを組み合わせた〈唐揚げチャーハン〉は、うちの看板メニューのひとつだ。下拵《したごしら》えも大変なもんだから、その日に仕込んだ分がなくなったらそれで終わりだけどな。

うちの看板メニューはひとつじゃなくて何個もある。

わらじみたいな大きさのトンカツでその名もそのまんまの〈わらじトンカツ定食〉も看板メニューだ。このトンカツは肉の旨さはもちろんだけどロースを叩《たた》いて伸ばしてさらに五枚も重ねて揚げるってのだ。ミルフィーユカツってやつだな。ただの薄切りロースを重ねたのはどこにでもあるだろうけど、俺が叩いて伸ばすってのが売りさ。俺の筋肉が、力が、肉を旨くさせるんだよ。まぁ揚げ物担当のふさ子さんの腕がいいってのもあるんだけどな。

チキンカレーもそうだ。そんじょそこらのチキンカレーじゃない。何せ水をほとんど使わないで野菜から出る水だけで煮込んでいく。だから、めちゃくちゃ野菜の旨味《うまみ》が出てそれとチキンの旨さが合わさって本当にコクのあるカレーになっている。何杯でも食べられる気がするんだぜ。

ギョーザは野菜たっぷりのギョーザだ。旨さの秘訣《ひけつ》はショウガをたっぷり入れるところだ。そして手作りで厚みがあるから焼くとプリップリになる皮がまた旨い。これはみさ子さんがいつも仕込んでくれるんだけど、俺がこの筋肉で思いっきり練っていくことで旨味が出るのさ。いやこれも本当だ。金一《きんいち》さんが練ってみてもあのプリップリの旨味は出ないんだ。俺が練り込まなきゃダメなのさ。このギョーザはどんなに食が細い奴でも軽く十個はイケると思うぜ。ニンニクは入っていないからサラリーマンが昼間に食っても全然平気だしな。ニンニクが欲しい奴にはこれもうちのウリのニンニク醤油があるんでそれを使ってもらってもまたイケる。

看板がこんなふうにたくさんないとダメになるってのは、レスラー時代に学んだことのひとつだ。

看板選手をたくさん持て。そうじゃなきゃ、看板のひとつが終わってしまった段階でダメになってしまう。そうやって、数々の星が消えていったんだプロレス業界は。

俺もその星のひとつだった。

なんて年寄りの自慢話はしないけどな。

何せ年寄りばっかりのこの店は、店主である俺がいちばんの若手なんだ。昔話なんか始めると、皆は俺が生まれたときの話から始めるからな。

「そうなんですか？」

「おうよ」

「じゃあ、従業員の皆さんは、十一《じゅういち》さんを小さい頃から知ってる人ばかりなんですね」

その通り。

「皆、ジジババばかりだろ？」

言うと二方が少し笑った。もう上がってもらったから三人ともいないけど、ぐるりと食堂の中を見渡した。

二方がこの店に初めて来てからどれぐらいだ。

二週間ぐらいは経《た》ったか。いつも店は忙しいからこうやって向かい合ってテーブルでじっくり話すのは初めてだな。

「金一さんは七十五歳だ。料理もできるがウエイターから掃除からボイラーや冷蔵庫の修理まで何でもやってくれてる。とにかく器用なじいさんなんだ。厨房《ちゅうぼう》のみさ子さんとふさ子さんは七十歳だ。実はあの二人、双子なんだぜ」

「あ、そうだったんですね」

気づきませんでしたって言うけど、わかんないよな。双子も年を取るとどっちもおばあちゃんだから、似てるとかそんなのはどうでもよくなるんだよな。

「三人とも、母《かあ》ちゃんや親父と一緒に店をやってきてくれた人ばかりだ。俺が十年ぐらい前に戻ってきてからもそのままずっといてくれる」

実際、あの三人がいないと、俺はとても店をやっていけない。

「俺のやってることは厨房で料理を作ることとプロレスだけだからな。レジの計算なんかもみさ子さんとふさ子さんにお願いして、その後のことはこれも昔なじみの税理士さんに任せているし」

「じゃあ」

二方がチャーハンを食べながら少し心配そうな顔をした。

「縁起でもない話なんですけど、誰かにもしものことがあったときには、ちょっと心配ですね」

「そうなのさ」

そうなんだよ。

それ、本当に大変なんだよ。

「それは皆言ってってなぁ。もしもこの先も店を続けるつもりなら、若くて意欲のある従業員を入れるか、もしくは自分で跡継ぎを何とかしろってな」

「あ、じゃあ十一さんは」

おう。

みなまで言うな二方。

「独身だ。バツイチとかも何もないから子供もいない」

たぶんな。

「もうこの年だからいきなり『あなたの子供よ！』ってのも出てこないだろうしな」

笑った。笑ったけど笑い事じゃないんだよこれが。

「覚えは散々あるってことですね」

「そうなんだよ。お前も独身なんだよな」

あれからほとんど毎日ここに飯を食いに来てるんだからな。独身でしかも本当の意味で一人だってのがよっくわかるよ。

「ですね」

「でもよ。二方って絶対にモテるよな。めちゃくちゃ感じのいいイケメンじゃん」

「そんなことないですよ」

いやそんなことあるんだよ。

「お前さ、その顔でそんなふうに謙遜《けんそん》したらめっちゃイヤミだぞ。自分でもわかってんだろうよ」

「まぁ、そこそこイケるとは思ってますけど、残念ながら本当に今は彼女はいないんです」

「それは、あれか」

人生長く生きてくればいろいろあるよな。

「ここに来たばっかりってのもあるし、その、なんだっけ、渡り鳥だったか？　そういう働き方のせいだっていうのもあるのか」

「ありますね」

置き薬には実は興味があったんだ。

あったっていうか、置き薬を使っている客がいて、あれはいいもんだっていうから、うちでも置こうかなって思っていた矢先だったんだよ。二方が店にやってきたのは。

こりゃあ、いいタイミングだってんで、さっそく二方の会社の置き薬をうちにも置いてもらったんだ。

驚いたよ。

いい意味でな。

俺は単純に適当に薬を入れた薬箱を置いていってくれるもんだって思っていたら、しっかりと話をして、うちの店にはどんな薬が必要かってのを考えてくれる。しかも俺やここで働く人間、常連の客の普段飲んでいる薬とか、病気の様子なんかもちゃあんと考えて薬を配置してくれるんだ。

特に俺には筋肉系の湿布薬《しっぷやく》やそういうものをたっぷりと置いてってくれたよ。その効果的な使い方も二方は教えてくれた。まぁ俺はプロレスラーだったから経験としてそういうのはわかってはいたけれど、ちゃんとした〈薬の知識〉のある人間に話を聞けたのは良かったよ。

そして、あぁ、これは本当にちゃんとした商売やってるんだなって思ったよ。

今まで〈置き薬のルート販売のセールスマン〉なんて聞いたらちょっとうさん臭いかもって考えてたからな。全国の置き薬の会社で働く皆さんにごめんなさいって心の中で心の底から謝《あやま》ったよ。

その話をしたときに、どうして二方がこんなところにやってきたかを聞かされた。

現場の仕事が好き過ぎて、日本全国の出張所からのヘルプの声があったところに飛んでいくんだそうだ。

そしてそこできちんとルートを確保したり新人の教育をしたりして、立て直しが済んだらまた別の土地へ行く。そこで働く。

高校を卒業してこの会社に入ってから今まで、自分の意志でずっとそういう働き方をしてきたそうだ。

「それじゃあ確かに彼女はできねぇよな」

「できませんね」

「ここには何年ぐらいいる予定なんだ」

会社の出張所は治畑《ちばたけ》にあるんだが、ずっとそこでやっていた五十代のマネージャーが急死してしまったそうだ。

薬屋が急死っていうのも建前としてはあんまりよろしくはないんで、お客さんにははっきりそうは言ってないらしいけどな。

ま、そりゃそうだ。嘘《うそ》はついちゃあいけないが、そこんところは多少ごまかしてもいいと思うぜ。プロレスラーが自転車で転んで怪我《けが》しちまったのを恥ずかしいしイメージってもんがあるんで、練習で怪我したって言うみたいなもんだ。

俺のことだけどな。

「新しいマネージャーを育てるまでですから、二年か三年はかかるでしょうね」

うん、って頷《うなず》いた。

どんな業界でもそうだよな。マネージメントをする人間を育てるにはそれぐらいはかかるよな。

「じゃあ、ここで彼女作っちゃえばいいじゃん。ここにいる間に三十五にはなっちまうだろう」

「そうなりますかね」

「三十過ぎた男がさ、三十五になるときってけっこう決断のときだって俺は思うんだけどね」

雰囲気《ふんいき》だけどさ。そうですね、って二方が薄く笑う。

「あんときのさ、彼女とは別れたのか」

「あのとき」

二方が不思議そうな顔をした。

「ほら、高校んときの演劇の相手役さ。あの子、絶対にお前の彼女だったろ」

びっくりした顔をする。図星《ずぼし》だったか。

「わかったんですか？」

「何となくな」

そういうのは、経験者はわかるもんだ。経験の少ない高校生はわかんなかったかもしれないが、俺たちはもう立派な大人《おとな》だったからな。

「身体《からだ》を合わせた男と女がステージの上で本気のラブシーンやってんだ。キスさえしないラブシーンでも、雰囲気は伝わるもんだぜ」

あぁ、って二方が恥ずかしそうに笑った。お前本当にいい男だよな。そういう無防備な笑顔とか見せると、男の俺でもドキッとしちまうぜ。

洗い物は明日の朝でいいな。

「二方、今晩泊まっていくか？　酒でも飲まねぇか」

「いいんですか」

「いいいい。今夜は誰もいねぇから。明日の朝、ひとっ風呂浴《あ》びてから部屋に戻って会社に行けばいいさ」

「じゃあ、お言葉に甘えて」

普段酒は飲まないんだ。酒の席の失敗ってのはけっこうやってるし、何よりもここで一人で飲んじまうと悪酔いするんだよな。家飲みってのはどうも飲み過ぎてダメだ。でも、明日も仕事がある誰かと一緒に飲むんなら別だ。もうそろそろ寝るか、ってさっと切り上げることができるから。

店では酒は出していない。もちろん、ただの食堂だし基本は車で来る人のための店だからだ。でも、個人的に飲むための酒は置いてある。ウイスキーだけだけどな。ビールなんかは飲み過ぎるからダメだ。

「彼女なんですけどね」

ハイボールを作ってやると、旨そうに一口飲んで二方が言う。お前、本当に役者をやった方がいいかもな。そういう表情と仕草《しぐさ》が本当に映画を撮っているみたいにハマって見えるぜ。

「おう」

「池野美智《いけのみち》って言うんですけど、高校の三年間、ずっと付き合っていたんです」

うん、って俺もハイボールを飲んで頷く。

甘酸《あまず》っぱい青春の香りがしてくるよな、高校生ぐらいの話ってよ。

「彼女、頭がすごく良かったんですよ。学年でも常にトップで、もちろん大学に進学したんです。それも、東大です」

「マジか」

「マジです」

そいつはすげぇ。

「相当な女だな。よく覚えているけど、決して美人じゃないけど、意志の強そうな個性的な顔立ちの女だったよな」

「そうですね」

自分も、それなりに成績は良かったって二方は言う。

「東大はさすがに無理でしたけど、東京の有名な大学に進めるぐらいの実力はありました。でも、親父が死んでしまって」

進学は無理になった。それで、きっぱり家族のためと二方は就職した。

「それで、彼女とは終わり、か」

「そうです」

彼女はそれでも付き合うと言ってくれたそうだが、絶対にダメになると二方から終わりを告げたそうだ。

「そうか」

唸《うな》っちまったが、まぁ、頷くしかないか。

「俺がそのとき相談されても、無理だなって言うかもな」

「ですよね」

「それっきりか。連絡も取ってないのか」

「それっきりですね」

しょうがねぇかもな。

しかし、そうか。

「親父さんは、高校のときに死んじまったのか」

「はい」

溜息《ためいき》が出ちまうな。自分の人生は自分のものだってもちろん思うが、その人生はいろんなものに左右されちまうことはあるよな。

「俺の親父もさ。俺がまだ若い頃に死んじまったんだ」

「そうなんですか」

そうなんだ。

「親父は、実は殺されちまったんだ」

二方は、眼《め》を丸くした。

「殺された？」

☆

そんなにややこしい話じゃないんだ。

もう三十年以上も前だ。

俺もまだ二十代の若者だった頃だな。東京に出てプロレスラーとしてデビューして、二、三年もしてからだったかな。

だから、その場にいなかったから全部聞いた話だ。

親父は本橋重三《もとはしじゅうぞう》ってんだ。そうそう、重三だから自分の息子である俺には十一ってつけたんだってさ。わけわかんねぇだろう？　そもそも十一にする意味がわかんねぇだろ？　どうせ数字にするなら一にして〈はじめ〉って読ませるとかさ。

そういう男だったのさ親父は。

何ていうかな、ちょっと山っ気《け》があってさ。ヤクザとかチンピラっていうわけじゃないけど、まともな会社員をやるなんていう人間でもなかったらしいな、若い頃からずっと。

母ちゃんと出会ったのも盛り場だったらしいぜ。

戦争が終わってちょっとした頃さ。そうなんだよ俺はもう五十七歳だからさ、親父や母ちゃんの世代は全員戦争経験者なんだよな。親父は昭和三年生まれだったかな？　だから戦争が終わったときにはちょうど若者だったんだ。お前たちの親はもう違うだろう。かなり若いよな。

母ちゃんは、真面目《まじめ》な人だったよ。盛り場にいたのもたまたま職場の人の送別会みたいなものがあってでかけていたらしい。そうそう、女性も社会に出て働く時代になっていたのさ。ドラマや映画で観たことあるだろそういう時代。

で、早い話が母ちゃんたちがチンピラに絡《から》まれているところを、その頃はバンドマンをやっていた親父が助けたらしい。

喧嘩《けんか》は強かったらしいな。何か格闘技をやっていたってわけじゃなくて、単純に喧嘩が強かった。そうなんだよな、この話をすると皆言うんだけど、俺の身体の強さは親父譲りなんだろうなって。

実際、よく似てるからな俺と親父は。

見るか？　ほらこれ親父の写真。

似てるだろ？　笑っちまうぐらい似てるよな。

この店もさ、親父は借金のカタに貰《もら》ったらしい。いや本当かどうかはわからんけど、本人はそう言っていた。

元々は何かの学校だったらしいんだ。そうそう、学校っぽいだろう。今でいう専門学校みたいなもんかな。そのつもりで建てたものが中途半端《ちゅうとはんぱ》で終わっちまったらしくて、それをそのまま親父が貰った。

何か輸入業とかやって結構稼《かせ》いでいたらしいなその頃の親父は。ずっとそういう山師っぽい不安定なことばっかりやっていたらしいけど、母ちゃんと結婚してようやく落ち着こうとしたらしいよ。

そう、それでここを食堂にした。

まぁ先見《せんけん》の明みたいなものはあったんだろうな。ここって、確かに田舎《いなか》だけどドライバー相手の食堂をやるには本当に丁度良い場所だって思うんだよ。

そうだろ？　そう思うよな。本当にいい場所なんだここは。そりゃあ都会みたいに目茶苦茶儲《もう》かるなんてことは絶対にないけどさ。旨いものを出してりゃ、ちゃんと客は付いてくれる場所なんだよ。

それはもう十年やってよっくわかったよ。

商売ってさ、あれだよな、全然違うものでも同じだよな。真面目にきちんといいものを出してりゃ、お客さんってのは来てくれるんだよ。

そう思うよな？　そうだよな。

プロレスも食堂も変わんねぇんだ。いいものを真面目にきちんとやってりゃあ、必ずお客さんは付いてくれるんだよ。

それで、毎日をやっていけんだ。

まぁ儲けようと思ったらまた違う別の才能は必要なんだろうけどな。

なんだっけ？

あぁそう親父だよ。

この店を開いてさ。母ちゃんと二人で、あ、いや金一さんもみさ子さんもふさ子さんも一緒にな、やってしっかり毎日の稼ぎを得《え》ていたんだよ。

母ちゃんの話では、その頃の親父ってのはやっぱいちばん落ち着いていたってな。店も家族と皆が暮らしていけるぐらいにはそこそこ軌道に乗って、一人息子である俺も生まれて、毎日は大変だったけどいい日々だったってな。

俺はなぁ。

同じ男同士だからわかるかな？　ここでの暮らしってもんを、若い俺がどう思っていたかなんてさ。

わかるよな。

つまんねぇなぁって思っていたよ。

こんな田舎町でさ。

町どころかここは本当にポツンと一軒しかねぇだろ？　ここが単に親の職場ならまだしも家だったからさ。学校から帰ってきても店の手伝いばっかりやってて、誰とも遊べないしな。

高校に通うのもそりゃあ面倒くさかったし。

まぁ幸いって言うか、中学生の頃からプロレス好きになっちまって絶対にレスラーになるって決めていたから、高校卒業したらすぐに東京に行ってさ。それっきりもうほとんどここには戻ってこなかった。せいぜいが正月ぐらいか。

二十六だったかなぁ。

夏だったよ。夜の九時過ぎぐらいに電話があってさ。ふさ子さんからさ。

親父が刺されて死んだって。

びっくりしたよ。

刺されたっていうからてっきり包丁とかナイフで刺されたのかと思ったら、フォークだって。

そう、フォークなんだよ。

びっくりするだろ？

何でフォークで刺されて死ぬんだって。

まぁ本当に運とタイミングが悪かったとしか言い様がないって感じかな。

客同士が喧嘩を始めたんだってさ。今と違って、トラックドライバーもその頃はまだガラの悪い奴《やつ》が多かったからな。原因は本当にささいな口喧嘩さ。そこから始まって表へ出ろこの野郎！　ってな感じでさ。

そうやって喧嘩を始めた二人を止めに入ったんだそうだよ親父は。それで、刺されちまった。

フォークで胸を。

そうしたら、まぁ本当にきれいに肋骨《ろっこつ》の隙間《すきま》を縫《ぬ》って心臓に刺さっちまったそうだよ。

フォークがさ。

うん、そうなんだよ。

殺人事件さ。

犯人は、まだ捕まっていないんだ。

☆

「捕まってないんですか？」

眼を丸くして二方が驚いていた。

「じゃあ、そこからその男は、逃げ出したってことですか」

「そうらしいな」

現場にいなかったんだから、全部聞いた話だ。

「あ、でもな。もう一人はいたよ」

「一人いた？」

「喧嘩の相手さ」

あ、そうか、って二方が言う。

「お父《とう》さんが止めた喧嘩の相手の方」

そう。

「上山《かみやま》さんってんだ。喜一《きいち》さんって皆は呼んでるけどさ」

喜一さんは、今は錦織《にしきおり》にいる。

「錦織で農業やってんだ」

「農業。今はってことは、その喧嘩したときには違ったんですね」

「運転手だったよ。トラックのさ。でも、親父を死なせてしまったって、ものすごい責任を感じてさ」

まぁ確かに喧嘩を始めたんだから責任は多少はあるのかもしれないけど、そこまでやることはないんじゃないかって俺は思ったんだけどね。

「運転手の仕事を辞《や》めてさ。錦織に住んで農家になって野菜を作って、そしてうちに卸《おろ》してくれるんだよ。安い値段でさ。おかげでうちは本当に助かっているんだ」

　いつでも、どんなときでも、新鮮な野菜をたくさん仕入れることができる。

「しかもな、喜一さんめっちゃセンスあるじいさんでさ。どこでも作っていない野菜とかも調べて、美味《おい》しいと思ったら作ってくれて、うちに持ってきてくれるんだ。これを使えばこんな美味しい料理ができるとかさ」

　本当に、うちのために働いてくれるんだ。

「じいさんってことは、喜一さんももう結構なお年なんですよね」

「喜一さんはもうすぐ七十かな」

　本当に、じいさんばあさんばっかりさ。

「あ」

　二方が少し眼を細めて俺を見た。

「じゃあ、ひょっとしてその逃げた男、十一さんのお父さんを殺した男も、誰かはわかってるってことですか」

「わかってるぜ」

　川島三郎《かわしまさぶろう》っていうんだ。

「そいつも、もう七十近いんじゃないかな」

生きていれば、の話だけどな。

「まぁ、あれだ」

そんなふうに言うのはなんだと、自分でも思うけどさ。

「ここで店をやってるのは、いつかそいつが来るんじゃないかって思ってるところもなきにしもあらずさ」

同じ場所で、同じ名前で、この食堂をやり続ける。

そうしたら、いつか、親父を殺した男、川島三郎がここに現れるんじゃないか。

やってくるんじゃないかってな。

「自首をしに、ですか」

二方が言う。

「そう、かな？」

顔を上げた。

電気を消した向こうで、月明かりを受けて白いリングがほの明るく輝いているように見える。

「まぁそんな甘っちょろいことを考えているわけじゃねぇけどな」

逃げ続けているんだとしたら、ここにやってくる可能性もあるんじゃないか、とは思ってる。

「もしも来たら、どうしますか」

そりゃあもう、あれだ。

「あそこでブレーンバスターでもかけてやろうかってのも考えてんだけどな」

結構、本気でさ。

1st season

二階堂浩

四十二歳

巡査部長　小田原警察署　皆柄下錦織駐在所

〈駐在所《ちゅうざいしょ》〉というのは警察官が夫婦でそこに住んでいる、というイメージを持っている人は多い。テレビドラマや小説なんかの影響だろうし、俺《おれ》も警察官になる前から、なってからもずっとそのイメージはあった。

実際には、独身での駐在所勤務もあるんだというのはもちろん知っていたけれども、まさか自分がそうなるとは思ってなかった。

まぁ独身というかバツイチなんだが。

いや、バツイチというのは離婚した場合か。妻と死別した場合はバツイチとは言わないんだったか。どうでもいいことなんだけど、思い返す度《たび》にその疑問を調べようと思ってすぐに忘れる。まぁ本当にどうでもいいことだ。

錦織《にしきおり》のこの辺《あた》りは夕暮れの時間が短い。

山に挟《はさ》まれた谷あいの集落だから、夕陽《ゆうひ》がすぐに山の陰に沈んでいってしまうんだ。そして山を越えた向こう側より早く夕闇《ゆうやみ》がやってくる。

大体《だいたい》この辺りは不思議な土地だ。特に何か特産物みたいなものがあるわけでもないのに、大昔から集落が存在していたらしい。その昔から錦織という名前だったらしいけどその由来もよくわかっていない。いちばんそれらしいのは、山の紅葉《こうよう》がそれこそ錦を織ったように美しいことから名付けられたってことだけど、それは確かにそうなんだ。

自然の恵《めぐ》みも確かに多い。郡山川《こおりやまがわ》は清流で知られていて魚釣りに来る連中は多いし、温暖で安定した気候は畑作にもいいらしくていろんな野菜が作られる。冗談抜きで錦織に住めば、魚と米と野菜だけなら自給自足の生活は充分《じゅうぶん》できるんじゃないかって言われている。さすがに肉がないのは苦しいだろうけど。

「あぁ、いいね」

今日はよく晴れていて、夕陽もきれいだ。

一人きりでこの駐在所に詰めて三年が過ぎたけれど、ここの景色は何年経《た》っても飽《あ》きることがない。毎日、新鮮な気持ちで見ることができる。パトロールをするのも錦織の集落の中だけは自転車で回るようにしている。それはもちろん、パトカーで回ってしまうと、その風景をじっくり見ることができなくて味気ないからだ。

「駐在さん」

「あぁ、喜一《きいち》さん。お疲れ様です」

外に出たところでちょうど喜一さんが畑から帰ってきた。

「晩ご飯食いに来んね」

「ありがとうございます。でも、今夜は国道沿いをパトロールに回ってからにしますから、向こうで食べます」

「食堂ね。あいよー」

駐在所の裏手に住んでいる喜一さんは三日に上げずに晩飯に誘ってくれる。それはもう独身の俺にとっては本当にありがたいんだが、喜一さんが作るおかずの味付けが俺にはかなり薄く感じる。

正直言って物足りない。

（お年寄りだからな）

血圧や糖尿病を気にしているそうだ。だから味付けも薄くなっている。味噌汁《みそしる》なんかこれはただのすまし汁じゃないかって思ってしまうぐらいに薄いことがある。俺もそういうことに気をつけなきゃならない年齢であることは自覚しているけれども。

とにかく健康に気をつけて、長生きするんだと喜一さんはいつも言っている。

喜一さんは今まで一度も結婚したことはなく、独身を通している。その理由を聞いたことはあるんだが、正直なところ、悲しい理由だ。

「いや」

ミニパトのドアを開けて乗《の》り込《こ》んだ。

悲しいと思うとそれは喜一さんに失礼だろう。喜一さんの人生を、生き様を悪く言うようなものだろう。その人の人生の選択は、他人がどうこう言うものではない。

けれども、その選択に至った理由は、重い、悲しい事実があったからっていうのは間違いない。

我々警察にも関係している理由だ。

そして、ほんの少しだけど、個人的にも関係している。

そのところは喜一さんには言っていない。言ったところでどうなるものでもないし、ご近所の良い関係にわざわざ、たとえほんの少しでも影をつける必要はないだろうとは思っているんだが。

〈国道食堂〉の駐車場にミニパトを入れる。ゆっくりと、ぐるりと駐車場全体を回るようにしてから停《と》める場所を探す。

これもパトロールだ。

この辺りには一軒しかない飲食店であるここには、いろんな人たちがやってくる。国道沿いということで客層はトラックドライバーが主だと思われがちだけど、実はトラックドライバーは三割ぐらいだ。残りは近くに住んで車で通ることが多い営業マンや、近隣の家族連れ、そして独身の男性が意外に多い。

ここの食事が旨《うま》いことはもちろんだけど、あのリングがここに客を呼び込んでいる。特にイベントが行われる週末は、そのリングで何が行われるかにもよるけれど満席になることだってある。

人が集まれば、そこに何かが起こる可能性も増える。楽しい出来事ばかりなら大歓迎なのだけど、警察がそこに来ることで防ぐことができる揉《も》め事の可能性も増える。

怪《あや》しい車両はないかどうかを常に確認する。

怪しい車両とはどんなものかを説明するのは難しい。整備不良な車はもちろん見た目でわかることがあるけれども、そういうものじゃない。

雰囲気《ふんいき》だ。

勘《かん》だ。

警察官が勘に頼ってはいけない。

事件というのは、事実だ。起こった出来事だ。それを勘で確かめてしまっては間違うことだってあるかもしれない。

警察官が事実を見誤ってしまってはいけない。けれども、怪しい車両や人間を見抜くのはつまるところ勘でしかないんだ。職務質問だって見当たりだって、結局は長年の間に培《つちか》った勘で、もしくはその警察官の資質ってもので感じ取る。

実際、俺が来てからここの駐車場で一件、覚醒剤所持《しょじ》の男を逮捕したことがある。黒の軽自動車に乗った男女だった。応援を呼んで駐車場が騒然としてしまって、十一《じゅういち》さんやお店のお客さんに随分《ずいぶん》迷惑を掛けてしまったが。

あれは、本当に勘だった。

今夜と同じように晩ご飯を食べに来て駐車場に停めた。ミニパトから出たときにちょうどその黒い軽自動車が国道から入ってきて、何かを感じた。

ほんの少しの躊躇《ちゅうちょ》。

車の挙動《きょどう》。

おそらくは俺の姿を見た瞬間にアクセルから足を離したんだろう。すぐに立ち去ろうとしたけど瞬時に思い直してそのまま入ってきたんだろう。何でもないことだった。車が停まったわけでもない、エンジン音が少し変化したぐらいだったろう。

それに、ピンと来た。

もちろん、何も悪いことをしてない善人であっても、お巡《まわ》りさんを見ると反射的にドキッとしてアクセルから足を離すこともあるかもしれない。そんなものだ。むしろ、それが自然な反応であり善人である証拠だ。

悪いことをしたらお巡りさんに捕まる、というのが心の中にしっかりとある証拠だ。それがある人は、悪いことはしない。

エンジンが掛かったままのトラックの運転席には見知ったドライバーが座っている。こっちに気づいて軽く頭を動かすので、同じように挨拶《あいさつ》する。彼は飯《めし》を食べ終わってすぐ運転を始めると眠くなると言っていたので、これから軽く運転席の後ろで仮眠を取るんだろう。ここは駐車場で泊まりは禁止だが、仮眠ならオッケーだ。

仮眠は十五分ぐらいがいちばんいい。それ以上眠ると身体《からだ》が本当に眠ってしまって、その後の運転が辛《つら》くなる。それはどんなドライバーでも同じことを言う。

警察官もある意味では仮眠のプロだと思う。駐在所勤務になってからは毎晩普通の時間に眠れるようにはなったが、交番の普通の勤務形態だと仮眠しないとやっていけない。もっとも仮眠するほどの時間も取れないことが多いんだが。

今日は月曜の夜。駐車場は四割方しか埋まっていない。まだ午後の六時過ぎだから、これからの時間でもう少し混《こ》んでくるだろう。

そして、不審な車両は見当たらない。

平日は週末ほどじゃないけれども、常に人の気配がある店が近隣にあるというのは、地域にとってもいいことだ。賑《にぎ》わいはトラブルも生むけれども、多くの場合は犯罪の抑止力にもなる。

戸を開けて、中に入る。

「はーいいらっしゃーい」

「どうも」

いつものように白衣を着た金一《きんいち》さんが迎えてくれる。

「夜定《よるてい》でいいかーい」

「お願いします」

「はーいお巡りさんに夜定ひとつねー」

あいよぉ、と十一さんが厨房《ちゅうぼう》の中で返事をして、こっちに向かって軽く手をあげてくれる。帽子を脱いでこっちも頭を下げる。

夜定食はメニューにはない。常連になると提供してくれる名前通りの晩ご飯の定食だ。基本的には家庭で食べるような、ご飯とおかずに味噌汁がついてきて、その他にサラダや酢の物や納豆など栄養のバランス良く、しかもカロリー過多にならないようなものが提供される。

警察官は制服のまま、普通に営業中のお店で食事をすることは基本的には推奨《すいしょう》されてはいないが、その地域に溶け込むことが重要である交番や駐在所勤務の警察官の場合は、それぞれに地域の特殊性として容認される場合がある。

ここもそうだ。駐在所のお巡りさんが、この辺りで一軒しかない飲食店である〈国道食堂〉で食事をすることが地域の皆さんに許容《きょよう》されている。むしろ積極的にしてほしいと言われている。

だから、週に何回かはここで晩ご飯を食べることにしている。たまにお昼ご飯を食べることもある。

正直言って、非常に助かっているんだ。独身生活が長いのでそれなりに料理を作ることはできる。朝ご飯は目玉焼きやサラダなんかをしっかりと自分で作って食べるし、気が乗ればそのままお昼のお弁当を作ることだってある。

お弁当を作るのは、もちろん駐在所の奥に引っ込まないで済むようにだ。パトロールや事件以外で駐在所を空《あ》けることは好ましくはない。だから、普通の交番勤務の人間もお弁当を買ってきて交番の自分のデスクで食べることはけっこう多い。

それでも、毎日のご飯を自分一人で作って自分だけで食べて済ませるのは味気ないし面倒くさい。だから、喜一さんのようにご飯に誘ってくれたり、ここで食べられるというのは本当に助かるんだ。

何よりも、お昼のお弁当を作る度に思い起こされることがある。それが辛くて長い間お昼のお弁当を食べられない時期もあった。

どうして〈国道食堂〉で警察官が制服のままでご飯を食べることを、地域の皆さんが積極的にしてほしいと思っているか。

もうかなり昔の話なんだが、トラックドライバーという連中が荒くれ者ばかりだと思われていた時代がある。

実際、本当にそういう男が少なくはなかったという時代もあったらしい。今はもちろんそんなこともないんだが、そのトラックの運ちゃんが集まるこの食堂に一抹《いちまつ》の不安を抱《いだ》いている住民も少なくはなかったと言う。何せこの辺りで唯一《ゆいいつ》の飲食店だったからだ。家族で利用することもあったし、そこで何かあったら自分たちにもいろいろと火の粉が降りかかったりするんじゃないかと。

そして、実際にここで事件が起こってしまった。

大きな事件だ。

殺人事件だった。

亡くなったのは、今、厨房で腕を振るっているご主人である十一さんのお父さんだ。客同士の、それもトラックドライバー同士の喧嘩《けんか》を仲裁《ちゅうさい》しようとして、胸を刺されて死んでしまったんだ。

そういうことが現実に起こってしまって、この店には駐在所勤務の警察官がよく立ち寄るようになった。立ち寄るだけじゃなくて、制服のままで食事もしていくようになった。そうしてくれれば安心だという気持ちが地域の皆さんに広がっていって、いつの間にか錦織駐在所の習慣になっていったんだ。

〈冗談みてぇな話だよな。いくら息子の俺がプロレスラーだからって凶器攻撃に使われるようなフォークでよ〉

最初に話を聞かされたときに、十一さんは冗談交じりにそう言って思わず笑ってしまって、すぐに謝《あやま》った。もちろん、十一さんも本当にジョークでそう言ったのだが。何でもその話をするときの鉄板のネタだそうだ。

そう、十一さんはその話をネタにしている。不謹慎と眉《まゆ》を顰《ひそ》める人間もいるだろうが、十一さんは考えなしに自分の父の死をネタにしているわけじゃない。

犯人の男は、今も捕まっていない。

その場から逃走してしまって、そのままだ。もちろん全国に指名手配されたが、捕まらなかった。十一さんは、その話をした人間がまたネタにして広まっていくと、案外犯人の耳にも届くんじゃないかって思っている。そうしたら、ひょっとしたら、犯人がここに戻るんじゃないかとも考えている。

三十年以上も前の事件なので、もう時効になっている。そもそも俺が小学生の頃《ころ》の事件だから当時は何も知らなかったし、警察官になってからも知らない過去の事件だった。

ここの駐在所に赴任《ふにん》してきて、前任者から〈国道食堂〉では制服のまま食事ができると聞かされ、何故《なぜ》そんなふうになったのかを教えてもらった。

なるほど、駐在所の警察官にここで食事をしてほしいと住民が言うようになったのにはそういう事情があったのか、と納得した。

「二階堂《にかいどう》さん、一緒に晩飯を食べていいかい？」

十一さんがお盆を二つ手にしてテーブルまでやってきて、そう言った。

「あぁ、どうぞどうぞ」

「悪いね。ほい、夜定食お待ちどう」

今夜のおかずは回鍋肉《ホイコーロー》だった。美味《おい》しそうな匂《にお》いに思わず頬《ほお》が緩《ゆる》む。ここの食事は本当にどれをとっても旨い。普通のメニューは少しばかり味付けが濃いと思うものも多いけれども、夜定食はそんなこともない。

十一さんも同じ夜定食だった。ただし、量は倍ぐらいあるが。

元プロレスラーで、今も店のリングで素人《しろうと》プロレスの人たちと一緒に汗を流す十一さんの身体はとても五十七歳とは思えない。

お巡りさんは柔道の有段者なんだろうから、ちょいとリングに上がってみないかい、と誘われるんだけど丁寧《ていねい》に辞退している。いくら柔道でならしていても、本物のプロレスラーの強さにはとても敵《かな》わない。

「回鍋肉の味はどうだい」

「旨いですよもちろん。ここのご飯は本当に美味しい」

にっこり十一さんが笑って頷《うなず》く。

十一さんはしょっちゅうこうやってお客さんとご飯を一緒に食べている。他の従業員である金一さんもみさ子さん、ふさ子さんもそれぞれ交代で、暇《ひま》なときには皆でお客さんと一緒に食べているんだ。

「二階堂さん、もうこの後は帰って上がりなんだろう」

「そうですね」

駐在所勤めに上がりという感覚はあまりないんだが、制服を脱ぐ時間はもちろんある。うちの場合は何もなければだいたいは午後八時ぐらいだ。基本的には八時間の勤務だから正確にはもっと早く、この時間でも制服を脱いでもいいのだけど。

「俺はこの後風呂《ふろ》に入るんだけどさ、ひとっ風呂どうだい。今日辺りは風が強くて埃《ほこり》っぽかったろう」

「あぁ」

駐在所にももちろん風呂はある。もう慣れてはいるものの、いつ何時《なんどき》電話が入るかわからないという気持ちで一人風呂に入るのは、確かに落ち着きはしないんだ。

「久しぶりにそうさせてもらおうかな」

「おう、遠慮しないでいつでも言ってくれよ」

ご厚意に甘えるのも何なので遠慮はしているんだが、実はここの風呂は何度も利用している。制服や装備はどうするんだって話だが、ここの風呂の脱衣所には十一さんの専用の鍵《かぎ》の掛かる事務所があって、一緒に入るときにはそこを使わせてもらっているんだ。

もちろん、いくら鍵が掛かるといっても一般の人の部屋に拳銃《けんじゅう》などは置いとけないが、実は、警察にはそういうときのために、拳銃などを入れて風呂まで持っていける専用の防水袋がある。ジップロックみたいなもんだ。重要人物の警護などを担当する人員が使う、いわゆる裏の装備品だ。

ここの風呂は温泉なので、本当に気持ちよい。実は毎日入りに来たいぐらいだ。そしていつも空《す》いているのがまたいい。

「今日は泊まりの人はいないんですか」

「今日はいないな」

二人で湯船に浸《つ》かる。

「二階堂さんは、もう結婚する気はないのかい」

「結婚ですか?」

いきなり何かと思わず顔を見てしまった。十一さんが、少し恥ずかしそうに苦笑《にがわら》いした。

「いやぁ実はさ、お見合いしないかって言われちまってさ」

「お見合いですか」

ちょっと驚いた。今どきお見合いとは。

「そんな堅苦しいもんじゃなくてさ。うちのばあさんたちがさ、いい人がいるんだけど会ってみないかって話が来てさ」

なるほど。ばあさんたちとは、働いているふさ子さんとみさ子さんだろう。

「十一さん、初婚ですよね」

「そうだ」

「向こうの方は」

「再婚だってさ。実は何度か普通のお客としてうちに飯を食いには来てるらしい」

「地元の女性ですか」

出身は川崎《かわさき》らしいって続けた。

「今まで独身通してきて、そんな話もなかったわけじゃないんだけどさ。俺も還暦《かんれき》が見えてきてさ」

「そうですね」

確か五十七歳だったはず。

「そしてさ、この店を俺が死んだ後も続けてくれる人間ってのを何とかしたいなぁ、って思ってさ」

お子さんか。跡継ぎを考えてるってことか。

「じゃあ、その方は十一さんよりも、もう少しお若い女性なんですね」

「三十七だそうだ」

うん、全然大丈夫だ。

「前に、二階堂さんは奥さん亡くしてもう十何年って言ってたよな」

「そうですね」

「再婚は考えなかったのかってちょっと思ってさ」

うん、と、頷いた。正直、まったく考えていなかった。暑くなったので身体を洗おうと湯船から上がった。

「実はね、十一さん」

「うん」

「お話ししようと思って、ずっと考えていたことがあるんですけど」

それは風呂から上がってからにしようと続けた。風呂の中で話し始めるとのぼせそうだから。

☆

事務所にある小さな冷蔵庫から、十一さんが缶のトマトジュースをくれた。

「いただきます」

トマトジュース飲むのなんて久しぶりだ。

「お父さんが刺されて亡くなられたというのを聞いたときにね」

「うん」

「同じか、って思ったんですよ」

「同じ、って？」

　十一さんが少し顔を顰《しか》めた。

「妻は、刺されて死んだんです」

「本当にか」

　状況は全然違う。

「以前、違う町で交番勤務していたときです。妻が交番にまでお弁当を届けてくれたんですよ。それは、いつものことだったんです」

　勤務していた交番の近くのアパートに二人で暮らしていた。まだ新婚と言ってもいい時期だった。

「いつも届けてくれるお弁当を、同僚の警察官にからかわれながら受け取っていたんです。その日も」

　事件の予感など何もなかった。

「そこに、一人の若者が入ってきたんです。それは、俺も妻の肩越しに見えていたんですよ。妻も俺の視線とその気配に気づいて振り返りながら場所を空けようとしたんです。ごく普通に、何か交番に用事があって入ってきた青年なんだろうと」

頷きながら、十一さんは何かに気づいたように小さく口を開けた。

「次の瞬間、刃物のきらめきが見えました。反射的に動こうとしたその前に、妻が俺の前に身を投げ出したんです」

「知ってる」

十一さんが、眉を顰めながら頷いた。

「交番の事件だ。毎形《まいかた》市で起こった。拳銃を奪おうとした奴《やつ》が、警察官の奥さんを刺し殺したって事件だ」

「そうです」

「そこにいたのが、二階堂さんだったのか」

頷いた。殺されたのは、妻だったんだ。思わず知らず、溜息《ためいき》が出る。そして、苦笑いが作れる程度には年を重ねた。

「俺と結婚しなければそんなことにはならなかったって、今も思っています。まぁそんなこともあって、再婚なんかまるで考えられなくて」

十一さんが頭《こうべ》をがっくりと垂れた。

「すまねぇ、考えなしで悪いこと訊いちまった」

「いやいや、いいんです。結婚の話なんか普通のことですから。それよりも、話したかったっていうのはもうひとつの話なんです」

「もうひとつ？」

そうなんだ。お父さんと同じように、妻も刺されて死んだという話はもちろん大変な過去の話だけど。

「それは言い方は悪いけどついでみたいな話で、実は」

一拍置いた。まだ話していいものかどうかはわからないけど、これも流れってものだと思った。

「十一さんのお父さんを刺して逃亡した犯人の、〈川島三郎《かわしまさぶろう》〉なんですけどね」

「うん」

どうした、という表情を十一さんはする。

「駐在所に赴任してきて事件を聞かされて、当時の調書などを改めて調べたときに、思い出したんです」

「何をだい」

「〈川島三郎〉は、小学校の頃の同級生の伯父《おじ》なんですよ」

あ？　というふうに口が開いた。

「二階堂さんの？」

「そうです」

「同級生の、伯父さん？」

「そうなんです。仲の良かった友達の、お母さんの兄ですね」

へえぇ！　と、十一さんが少し大きな声を上げてから考えるような表情を見せた。

「そりゃあ、すげぇ偶然というか何というか」

何といっていいか、って感じで頭に手を当てた。そういう反応をすると思っていた。

「いや、これは機会があったら話しておかなきゃならないかな、とずっと思っていたんですけど。果たしてお伝えするべきなのかどうかをずっと考えていて。喜一さんにも」

あぁ、と十一さんは頷いた。

「喜一さんにもまだ話していねぇんだな」

「いないんです。何度も言いますけど、話した方がいいものかどうか長い間迷っていて」

「まぁ、なぁ」

確かになぁ、と続けた。

「そりゃあ、単なる偶然だしなぁ」

「そうなんです」

本当に、偶然だった。

「話したから、それでどうだってものでもないだろうし、かといって黙っているのもどうか、ってか」

そう言ってから、十一さんがほんの少し頭を傾《かし》げた。

「友達の、お母《かあ》さんの、兄」

「はい」

「ひょっとして、会ったことあるって話なのか。〈川島三郎〉に。だから話すのを迷っていたってかい」

「そうなんです」

話すのを躊躇していた大きな理由。

「小学校五年生のときです」

勇太《ゆうた》、というのが友達の名前だ。家も近くて気が合って、いつも一緒に遊んでいた。どっちかというと活発な男の子だった。二人とも外で身体を動かして遊ぶのが好きだった。

「小学校の校庭でもよく遊んでいました。そこに、〈川島三郎〉が来たんです」

伯父さん！　と、勇太は嬉《うれ》しそうに駆《か》け寄った。伯父さんである〈川島三郎〉は優しそうな男の人だった。

「どういう状況だったのかは全然わかりません。それからしばらくの間、〈川島三郎〉はその友達の家にいたみたいです。そして、僕たちとよく遊んでくれたんです」

「五年生の、二階堂さんとその友達と」

「そうです」

二人をあちこちに連れて行ったりしてくれた。車にも乗せてくれた。日曜日には遊園地にも連れて行ってくれた。

「気の良《い》い、優しい伯父さんという記憶しか残っていないんだ。二階堂さんにとっては〈川島三郎〉は」

「そうなんです」

子供の頃の記憶なんて、どうでもいいことはまるっきり抜け落ちてしまう。そのまま一生忘れたままだ。

でも、勇太のことと、一緒に優しく遊んでくれた伯父さんの〈川島三郎〉のことは忘れていなかった。

はっきりと覚えていた。

十一さんが、息を吐《は》いた。

「確かに。俺が二階堂さんでも迷うな。話すべきかどうか」

「すみません」

「謝ることなんかねぇよ」

ぱん、と、軽く十一さんが腿《もも》を叩《たた》いた。軽くでもいい音がする。

「まぁ俺もさ。実際に会ったわけでもないからな。顔が浮かぶわけでもないしさ」

「はい」

まだ生きている可能性は充分《じゅうぶん》にある。そして、店にやってくる可能性もないわけではない。何かを含めるわけではないけれど、そのときに十一さんがもしも怒りに眼《め》が眩《くら》んだとしたら。今の話はその怒りを鎮める何かになってくれるかとも、少し考えている。

十一さんが、何度も頷いた。

「覚えておくよ。〈川島三郎〉にだって普通の生活があったんだってな」

「はい」

「話してくれて良かったよ。サンキューな。そうだ、二階堂さんさ、前に演劇好きで若い頃は奥さんと一緒に東京にまで観に行ってたって言ってたよな」

「あぁ」

そう。好きだった。

元々演劇が好きだったのは亡くなった妻で、俺はそれにつきあっているうちに観るようになった類《たぐ》いなんだが。

それこそもう十年、演劇なんか観に行っていない。

「これ」

十一さんが机の上から、何かの紙を持ってきた。

チラシか。

「一人芝居」

芝居のチラシだった。いや、まだ未完成か。こんな感じのチラシを作ろうとしているというスケッチみたいなもの。

「古い友人なんだよ。リングで一人芝居をやってみたいってさ」

リングの上の、一人芝居か。

その光景がぶわっ！　と頭に浮かんできた。真っ白いライトに照らされてリングの上に佇《たたず》む男。

顔に汗が滲《にじ》むのがわかるぐらいの距離で、その男が演技をする。

いい。

どんな出し物になるのか。

「完成したら知らせるからさ。観に来てやってくれよ」

「いいですね」

それは、楽しみだ。

1st season

高菜祐希

三十二歳　株式会社ミコー　第三営業部係長

変な店だなぁ、って思っていました。

どうしてかと言うと、店の奥にリングがあるんですよ。

そう、プロレスとかボクシングで使う四角いリングです。

最初にここに来たときに、ものすごく美味《おい》しい唐揚げチャーハンを食べながら『どうして四角いのにリングって言うんだろう？』って生まれて初めて疑問に思いましてね。ググったら理解できました。まぁ、そういうものには諸説あるんでしょうけど、納得できました。なるほどねって。今度何かのときに営業トークのネタにしようと思って手帳にメモをしておいたんです。今まで使ったことはないんですけどねそのネタ。

でも、そうやってメモをしておくことが大事なんですよ。

就職して営業職になったときから、ずっとそうやって話のネタになるって思ったことをメモしておいてます。あ、もちろん仕事上の大事なことも全部手帳にメモしていきます。

きちんと、丁寧《ていねい》な字で。殴り書きじゃなくてゆっくりと、漢字を省略したりしないで。これ、結構漢字の練習になるんですよ。

仕事をしてると何もかもパソコンじゃないですか。漢字って忘れちゃうんですよね。読めても書けなくなっちゃったりするので、これは皆にお勧《すす》めしたいですよね。

人間は一度自分の手で書いたことは決して忘れない。普段思い出さなくても何かの折にはふっ、と出てくるもんだ、と、有宮《ありみや》さんに教えられたんですよね。いちばん最初の、つまり入社したときの直接の上司ですけど。

その通りなんだって実感しています。もう社会人をやって十年ですけど、一度丁寧に自分の指で書いたことは決して忘れません。そもそもメモをしたということをきちんと覚えているから、慌《あわ》てません。

あたりまえのことだから自慢にもならないんですけど、発注ミスなんかしたことないんですよ。必ずメモをしているんですから。そのメモに間違いはないって自信を持っていますからねいつも。

有宮さん、いい人でした。

あの人が最初の上司じゃなかったら、僕は仕事を続けられなかったかもしれない。そもそも社会人というものをやっていけなかったかもしれません。

あの人がいてくれたから、今こうして社会人として一人立ちしてきちんと生活して、生きていけるんだと思っています。

恩人です。

だから、もう有宮さんはいないんですけど、命日には必ずお墓参りをしています。今もお中元とお歳暮を奥さんのところへ持っていきます。

奥さんが、波乃《なみの》さんが再婚でもしたのならさすがにそれはやめようと思っていますけど。そこまでする必要があるのかって少しは思いましたけど、波乃さんも本当に僕によくしてくれたし。有宮さんの忘れ形見のひなのちゃんもすごく懐《なつ》いてくれているし。

きっと僕は生まれたときから小心者《しょうしんもの》だったんだと思います。

人間の性格なんてたぶん一生変わりませんよね。途中で変わってしまった人がいるとしたら、その人は余程《よほど》のとんでもないことを経験したんだと思います。

僕は今まで、素晴らしい人生とは言えないかもしれないですけど、ごく普通に人生を歩んできたんですよ。小心者で、人とのコミュニケーションもあまり上手《うま》くできない性格なのに。

それは、有宮さんも含めてですけど、周《まわ》りの人に、友達に恵《めぐ》まれたからと思っているんですよね。

学生時代にも必ずそういう僕のことをちゃんとわかってくれる友達ができて、その友達がいたから学校にもきちんと通えて、大《たい》して頭も良くないのに勉強にもしっかりとついていけて。

営業の仕事も正直今も、決して僕には向いていないとは思うんですけど、会社自体は良い会社だと思うし、そんなにノルマみたいなものがあるわけでもないし。それでも続けていけるのは、小心者だからこそどんな些細《ささい》なことにも慎重になるし、気づけるし、丁寧にできる。

それはお客様にとってものすごく大事なことなんだから、お前は営業に向いているんだよ、なんて有宮さんは言ってくれましたけど、どうなんでしょうかね。そうなのかなぁと今もそこはちょっと疑問なんですけど。

でも、営業で外回りをやって、自分の意外な趣味というか、そういうものにも気づけました。

食事が大好きだってことが、わかったんですよね。

いや、普通は食事は皆好きだろうって話ですけど、そうじゃなくて、とにかく人の作った美味しい料理を食べることが、そしてそれをきちんと記録に残していくことが楽しくてしょうがなくて、趣味って言えるほどのものになったんです。

自分が意外と味覚が鋭《するど》いんだということもわかってきました。食べると、わかってくるんですよね。本当に舌で感じ取れるんですよ。どんな調味料を使っているのかとか、スープの素はなんだ、とか。そういうところまでわかるようになったんです。自分の味覚だけで。

それをブログとかで書けばいいかな、なんて考えたこともありますけど、そういうのはどうもなんか躊躇《ちゅうちょ》しちゃうんですよね。

だから、ノートに書いています。普通のノートに鉛筆で。毎日食べるものをしっかりと絵も添えて。

下手《へた》くそな絵なんですけど。絵心はまったくないので。

〈国道食堂〉の料理の味って、少し濃い目なんですよ。

その濃さっていうのは塩味がきついとかじゃなくて、出汁《だし》の味がものすごく深いんですよ。訊《き》いたことはないし簡単に訊くようなことでもないと思うんですけど、たぶん間違いないと思います。

蕎麦《そば》屋で使う〈かえし〉があるじゃないですか。蕎麦つゆに使うものですけど。醬油《しょうゆ》と味醂《みりん》と砂糖で作るんですけど、その〈かえし〉を使ってほとんどの料理に味付けしているんだと思うんです。

その味が、深いんですよ。

ひょっとしたら、もう〈かえし〉を作るその時点で鰹《かつお》出汁やそういうものを加えているのかもしれなくて、その辺はその店独自のもので秘伝だろうから教えてくれないとは思うんですけど。

ネットでググって〈国道食堂〉の評判を調べてみると、けっこう皆はカレーが最高とか、ギョーザが旨《うま》いとか言っているんですけど、実は蕎麦も旨いんですよ。いや旨いどころかむしろ蕎麦が最高なんですよ。

東京の有名な老舗《しにせ》蕎麦屋に行ったこともあるんですけど、正直なところ、そこよりも旨いと思うんですよ。さすがに蕎麦自体は手打ちはしていないみたいなので普通の蕎麦なんですけど、蕎麦つゆの味とあいまって本当に旨いんです。何だったら蕎麦つゆを全部そのまま飲み干したいぐらいに。残念ながら蕎麦屋じゃないんで、そば湯が出てこないんですよね。そこが本当に残念なんです。

だから、店に来るといつも厨房《ちゅうぼう》を見てしまうんです。

元プロレスラーだったっていう、店主さんを。

ものすごくいい身体《からだ》をしていて、じゅういちさん、って皆に呼ばれている人。プロレスには全然詳《くわ》しくないので、じゅういちって名前を聞いてもピンと来なくてそれがリングネームなのかなって考えていて。

どうして元プロレスラーがこんなに旨い料理を作れるのかっていうのもちょっと興味があって、いつか機会があれば訊いてみたいと思うんですけどね。

二ヶ月ぶりぐらいに治畑《ちばたけ》に来て久しぶりに〈国道食堂〉でご飯を食べようと思っていたんだけど、いろいろあって結局三時ぐらいの昼ご飯になってしまって。

きっとお昼の混雑が終わってガラガラの店内。

店主のじゅういちさんも暇《ひま》だったらしくて、お客さんのいるテーブルに座って何か楽しそうにお喋《しゃべ》りしていて、入ってきた僕を見て「いらっしゃい」って立ち上がって。

そのテーブルに座っていたスーツ姿の男性も僕をちらっと見て。

あれっ？　って。

すごくびっくりして。

すぐにテーブルに近づいて名前を呼んだら、二方くんは一瞬きょとん、って顔をして。

「二方《ふたかた》くん？」

「はい」

二方ですが、って言いながらすぐに立ち上がろうとしたんです。それって、営業マンの性《さが》ですよね。見覚えがなくても名前を呼ばれたのなら、とりあえず失礼にならないように立ち上がろうとするのが。

でも、わかんないのかな。

わかんないですよね。

僕は高校時代よりけっこう、いやかなり太っちゃったから。

「西高の二方くんだよね？　僕、高菜《たかな》。同じクラスだった高菜祐希《ゆうき》」

二方くんの眼《め》が一瞬細くなって、それから急に大きくなって笑顔になって。

「高菜！」

立ち上がって厨房に行こうとしていたじゅういちさんもその様子を見て、何だか笑って。

「何だ、同級生か？」

「そうなんですよ！　いやー、びっくりした」

二方くんが嬉《うれ》しそうにそう言って笑ってくれたので、僕も嬉しくなりましたね。覚えてくれてた。

本当に、こんなところで会うなんて。会えるなんて。

まだ三十分ぐらいは大丈夫だって時計を見てから二方くんは座り直しました。僕もちょっと急いで食べなきゃならないので、すぐに出てくるカレーライスを頼んでから、向かい側に座ったんです。

二方くんはもうご飯が終わったらしくて、お茶を飲んでいます。

「こんなところで会うなんてなぁ」

「本当だよね」

高校で二年と三年のときに同じクラスだった二方くん。

二方将一《まさかず》くん。

卒業してからは、地元でも一度も会ったことがなかったのに。でも、そういうものかもしれないですよね。

「それにしても」

二方くんが、にやっと笑って。

「貫禄《かんろく》が付いたな、高菜」

「いやー、本当に」

食べることが大好きになっちゃって、僕は高校時代より二十キロも太ってしまったんですよね。

そう言うと、そうかって二方くんも頷《うなず》きます。

「お前、弁当なんかも旨そうに食べていたもんな」

「え、そうだった？」

それは、自分ではまったく思っていなかったけれど。

「美味しそうに食べてたかな」

「食べてたよ」

二方くんは何かを思い出すように少し上を見てから続けました。

「ほら、一時期流行《はや》っただろ。おかず回し」

「やってたね」

何でそんなことをしてたのか思い出すと笑っちゃうんですけど、机をくっつけて輪のように並べて皆でお昼のお弁当を食べていたんですよ。うわ、本当に久しぶりにそんなことを思い出しました。

そして、それぞれのお弁当の蓋《ふた》の上に人にあげてもいいおかずを置いて歌を唄《うた》いながら回していくんです。誰《だれ》かが止めたところで、自分の蓋の上にあるおかずを食べるってやつ。

本当に何で高校生にもなってそんなことをしてたのか、よくわからないんですけど。

仲が良かったんですよね、うちのクラス。

いじめとかほとんど、あぁ、女子の方でちょっと何か問題になったことはあったけれど、それは大したことにはならなかったみたいで。男子は、ほとんど全員が問題なく毎日を過ごしていて。

「あれでさ、お前どんなおかずでも嬉しそうに旨そうに食べていたよ。見てるこっちが何か嬉しくなるぐらいに」

「そうだったかなぁ」

そうなんだろうね。自分ではわからないんですけれど、二方くんがそう思っていたのなら。

じゅういちさんがカレーライスを持ってきてくれました。

「はい、おまちどお」

「あ、どうも」

「高菜、よく来るのここ」

二方くんが訊いてきます。

「頻繁《ひんぱん》にじゃないけど、ここを通ったら必ず寄ってる」

「そりゃ毎度どうもありがとうございます。挨拶《あいさつ》するのは初めてだけど」

二方くんとじゅういちさんは親しそうだけど。ごゆっくり、ってじゅういちさんは下がっていった。お客さんが何人か入ってきています。

「今何やってるんだ？」

「普通の営業だよ。あ、名刺ね」

カレーを一口食べてから、作業服の胸ポケットから、入社時からずっと使っている名刺入れを出しました。

「あぁ、俺《おれ》も」

二人で名刺を出し合う社会人。

僕の眼の前にいる二方くんは高校時代とまったく変わっていない姿形でそこにいるのに、何だかおかしくて少し笑ってしまいますね。

「あ、配置薬《はいちやく》の！　知ってる知ってる。使っている同僚がいるよ」

「ありがたいね。株式会社ミコーさん。フォークリフト関連、ってことは建設機器のメーカーさんか何かか」

名刺の裏に書いてある営業品目を見て、二方くんが訊いてきた。

「うん、主に建設機械なんかで使われるクリーナーとか潤滑油《じゅんかつゆ》とか、消耗《しょうもう》資材関係を売ってる会社なんだ」

「なるほど」

「他にも建設に関係するものなら何でも売るよ。こういう道路に面した広いお店で使う〈のぼり〉とかも扱《あつか》ってる」

「建設とセットってことか」

「そういうことだね」

名刺をしまって、二方くんは少し笑った。

「お前、確か大学行ったよな」

「うん」

商学部だった。

二方くんは、高校を出てすぐに就職したんだ。

覚えている。

ものすごく勉強ができたのに、ひょっとしたら東大にでも行くんじゃないかってぐらいに皆が思っていたのに、悲しい事情があって就職しなきゃならなくなってしまった二方くん。

お父さんが急死してしまったんですよね。

クラスを代表して何人かで、お葬式に行きました。僕もその中の一人だったんです。一緒に行った女子が皆涙ぐんでいました。

「高菜が営業職っていうのも、ちょっと意外だったかな」

「そうだよね」

だと思います。僕を知っている人は、皆、社会に出て営業をやってるって知ったら意外そうな顔になりますからね。

二方くんが、時計を見ました。

「俺、行かなきゃならないんだ」

「あぁ、うん」

「家はどこなんだ」

「賀毛《かげ》なんだ」

賀毛か、って頷いた。

「結婚したのか？」

「いや、まだ独身」

そうか、って二方くんはまた頷きます。

「今夜空《あ》いてるか」

「空いてるけど」

「俺、またここに来るんだよ。夜の十時過ぎに」

十時過ぎ？

ここの食堂の営業は確かそれぐらいには終わってしまうはずですけど、何をしに来るんですかね。

「高菜もまた来ないか」

「ここに？」

そう、って二方くんは笑います。

「せっかく会えたのにこのままってのも淋《さび》しいし、いろいろ話そうぜ」

「うん」

今度どこかで飲もうぜって話して別れたとしても、ＬＩＮＥやメアド交換しても、仕事をしているといつ会えることになるかわからないってことになるでしょうから、それは確かに淋しいと思いますよね。

「いいよ。来るよ」

ここから賀毛は車で三十分ぐらい。三十分の運転なんて、営業で走り回っている僕たちにはなんてことはないから。

「車はあるか？」

「あるよ。軽《けい》だけど」

この辺《あた》りに住むと、自動車やバイクなんかの移動手段がないと本当に困るんですよね。何をするにしても遠くに行かなきゃならないですからね。

「店は開《あ》いてるから心配するな。表の看板がしまわれてても、中には入れるから」

「そうなんだ」

「あ、泊まれるか」

「泊まる？」

ここに、って二方くんは天井を指差します。

「あぁ」

そういえばここは簡易宿泊所にもなっていました。お風呂《ふろ》にも入れるはず。

「泊まるのは、別に構わないけど」

独身だし、明日もこのルートは走るから全然問題ないですね。

「じゃあ、泊まるつもりで来いよ。その方が酒飲みながら話せる」

それじゃな、って二方くんはちょっと急ぎ足でレジに向かっていきます。いつもいる店員のおじいさんとも親しく話しているので、本当に二方くんはここの常連さんなのかもしれません。

きっと就職して、いろいろ配置転換とかあってこの辺に来たんでしょうね。置き薬の業界のことはわからないけど、あの会社は日本全国に支社があるはずですからね。

☆

僕は、本当に大人《おとな》しい子供だったんですよ。小さい頃《ころ》からずっとそうでしたね。あんまりにも大人しいものだから親は心配して水泳に通わせたりしたけど、結局続かなくて、活《かっ》発《ぱつ》な子供にはならなくて。

だからっていじめられたとかそういうこともなかったんですよ。昔は瘦《や》せててひょろひょろだったんですけど、愛想《あいそ》だけはよかったんですよね。いつもニコニコしてるっていうか、笑顔でずっとそこにいる、みたいな。誰の邪魔にもならなかったから、いじめられもしなかったんでしょうね。

それに、友達がいたから。

二方くんとの約束で、一泊の準備しているときに、やっぱりニコニコしてる自分に気づきましたね。

「二方くん、変わんなかったな」

彼は、カッコいいんですよ。

顔もイケメンだったし、スタイルも良かったし、スポーツもけっこうできたはずだし、何より頭が良くて。

本当に何でもできる感じで、クラスでも、いわゆる上のレベルにいる人でしたよね。僕はもちろんずっと下の方の人間で、でもうちのクラスはそんなのはごちゃまぜになって皆で楽しくやっている感じだったんですよ。

その雰囲気《ふんいき》を作っていたのは、二方くんだったんですよ。

彼はそんなのを気にしてはいなかったと思うんですけど、皆を巻き込んでいくオーラみたいなものを持っていたんです。

そう、本当にオーラっていうのはピッタリくる感じ。

その二方くん、覚えていないだろうけど、いつも僕に声を掛けてくれていたんです。僕だけじゃなく皆になんでしょうけどね。でも、二方くんが僕を仲の良いクラスメイトとして接してくれたから、僕もずっと楽しく過ごしていけたと思うんです。

覚えていますよ。

思い出しました。

あんまりにも大人しい僕が何も言えないでいるときに、二方くんはすぐに助け船を出してくれていたんです。「そんなことないよな？　高菜」「高菜だってびっくりするだろ。なぁ」「それはないんじゃないか。高菜だってお前のことを心配してるんだから」そんなふうに、声を掛けてくれていたんです。もちろん、僕にだけじゃないんですけど。そんな二方くんのこと、皆好きだったんですよね。

だから、彼のお父さんが心筋梗塞《しんきんこうそく》で亡くなったときには、本当に皆がびっくりして、声を失いましたよね。先生から聞かされたときには。

どうして二方くんに、そんなことが起こるんだろうって。

あれが、生まれて初めて行った他人のお葬式でしたね。二方くんが泣いていなかったのを覚えています。きりっとした表情で、皆に挨拶していました。でも、眼が真《ま》っ赤《か》だった。

「どうしているのかな」

まだ小さい弟妹がいたんですよ。二方くんにもよく似た可愛《かわい》い弟と妹。そのために二方くんは大学進学をあきらめるって言ってましたよね。

「頑張《がんば》ってきたんだろうなぁ」

さっき会ったときの二方くんのスーツは、きちんとしていました。ワイシャツにもちゃんとアイロン掛かっていました。

決して高そうなスーツじゃなかったけれど、毎日ずっと着てるって感じじゃなかったです。三着とか四着持っていて、それを着回している感じ。

何よりも、靴がきれいだったんですよ。

履《は》きこなれた感じの革靴が、しっかりと磨《みが》かれているのがわかりました。営業さんで靴をちゃんと磨いている人って、意外と少ないんですよね。

僕は、それなりに磨いているけれど、僕たちは建設現場みたいなところに行くことが多いので、普通のスニーカーで行くことも多いんですよね。安全靴に履き替えることも多いし。

むしろあんまり小奇麗にしていると、現場の職人気質《かたぎ》な人たちには信用されないみたいなところもあるので、そこら辺はうまい塩梅《あんばい》にしているところもあるんですけれど。

借りてるアパートにはちゃんと駐車場があって、そこに買ったばかりの軽自動車。

建設機材関係の営業をしているけれど、車にはそんなに興味はないんですよね。走ればいいって思っているけれど、でも安全装備はちゃんとしていてほしい。

なので、アパートにいちばん近いディーラーから新車を買ったんですよ。ついこの間。ずっと中古車を使っていたんですけど、やっぱり安全装備がしっかりしている新車が欲しいなって、思い切って買いました。もちろん、ローンで。

〈国道食堂〉に着くと、やっぱりもうお店は閉まっていて看板の電気も消えていて閑散としていて。言われた通りに玄関に向かうと鍵《かぎ》は開いていて、入っていくと何か聞こえてきたんですよ。
人の話し声。
二方くんが誰かと話しているのかって思って中に入ってみると、違いました。
ちょっと、驚きましたね。ほとんど電気の消えた広い店内の奥。
四角いリングがあるところだけは天井の明かりが点《つ》いていて、そしてリングの上には。
二方くん。
蛍光灯の明かりに照らされて、白いシャツが光っているように見えて。
『お前の思うそこに何があるんだ?』
『何もありませんよ』
『無いのか。どうして無いってわかるんだ!』
二方くんが早口で喋っているけど、台詞《せりふ》が全部聞き取れる。そうだ、台詞だ。そうだ、
二方くんは演劇部だった。
舞台に立っているのが、すごく似合っていたんだ。
これは、一人芝居だ。二方くん、ここで一人芝居をするつもりなのか。

「似合ってるなー、って思った」

「そうか？」

グラスを持って、二方くんがにっこり笑った。〈国道食堂〉はお酒を出していないけど、ウイスキーならあるらしい。そして、二方くんはここで練習をするときにはちょっと飲んでいいって十一《じゅういち》さんに言われているって。

じゅういちさんは本橋《もとはし》十一さんで五十七歳だってこと、実は昔に近所で練習していたこと、ここで再会して、そしてリングを使わせてもらう約束をしたこと。

今までどこでどんな生活をしてきたか、あの頃仲の良かった同級生たちはどこでどうしているか。

そういうことを、ハイボールを飲みながら僕と二方くんはずっと笑いながら話していた。

「池野《いけの》さん、会ってないんだよね？」

「会ってないな」

二方くんは、少し力なく笑った。

「でも、つきあっていたよね。あの頃」

二人は、すごいって思っていましたよ。まるで芸能人のカップルみたいだって。美男美女で、しかも二人とも頭が良くて。

「高校出たときに別れたから」

「どうしてなの？」

二方くんは、首を小さく振ります。

「せめて、俺が大学行ってりゃよかったんだけどさ。無理だってわかるだろ。東大行ったんだぞ彼女は」

「それは」

あきらめたんだ。二方くんが。彼女の隣にいるような男になれそうもないってことで。

「じゃあ、卒業以来、連絡も何もしていないの？」

「ないよ。連絡先も教えてないし。俺はあちこち飛び回っているから、誰も居場所を知らないんじゃないかな。クラス会とかやったんだろう？」

「やった」

僕も一度しか参加していないけど、確かに二方くんは来なかった。そのときは、池野さんは来ていたけど。

「二方くん」

「うん」

「僕ね、独身だって言ったけど、付き合っている人はいるんだ」

「お、そうか」

二方くんは、にやりって笑った。どんな笑い方をしても、二方くんは似合うんですよね。本当にカッコいい男って得だなって思いますね。

「その付き合っている人はね、実はね、上司の奥さんだった人なんだ」

「だった」

二方くんの顔がちょっと曇った。

「えーと、その上司とは離婚したって話なのか」

「いや、死別したんだ。僕はその上司にすごくお世話になってお宅にもお邪魔していたんだ。ご飯を一緒に食べさせてもらっていたり」

付き合っているって言ったけど、ちょっと話を盛ってしまった。

正確には付き合ってはいない。でも、お互いにその気持ちをはっきり伝えあってはいないけれど、いつかはきちんとしなきゃならないって思ってる。このまま、元上司の奥さんと、部下という関係で居続けることはできなくなるって。

「それは、確認し合っているんだ」

「そうか」

うん、って二方くんが頷きました。

「じゃあ年上の女性なんだな」

そう思いますよね。

「いや、実は同い年なんだよ」

「同い年？」

有宮さんの奥さんは、僕たちと同い年なんだ。有宮さんは十歳上だったけれど。

「そしてね」

「うん」

「池野さんとは、親戚《しんせき》なんだよ」

「親戚？」

そうなんだ。有宮さんの奥さんだった波乃さんは、実は池野さんとはいとこ同士なんだ。

二方くんがちょっと驚いていた。

「それはまた、偶然だな」

「だよね」

僕もそれを知ったときにはすごく驚いた。そんな偶然もあるんだなって。

「波乃さんと池野さん、仲が良いんだよ。同い年のいとこ同士だから連絡も頻繁にじゃないけど取り合ってる。だから僕も知っているんだけど」

「何を？」

「池野さん、まだ独身だよ」

ずっと好きな人がいるんじゃないかなって言っていた。

波乃さんは。

1st
season

二方将二

二十八歳

マンキュラスホテル東京　料飲部レストラン〈蒼天〉ホール

四十一階からの眺《なが》め。

何年も見ているからもうあたりまえの風景になっちゃっているんだけど、それでも毎日、こうやってつい立ち止まってしまうんだ。

晴れの日でも曇りの日でも大雨の日でも。

ここに来た初日が、名前の通りの蒼天《そうてん》の日だったんだ。でも、その青空にぽっかりと浮かぶ大きな雲があって、その雲の影が真下の街に落ちていて、そこだけ曇りになっているのがはっきりと見えた。

ものすごく、印象的だったんだ。

普通に地上に暮らしていたら絶対に気づけない、見られない光景。

地上に落ちる雲の影の形なんて、普通は空を飛ばないと見られない。その光景がこのレストランからは普通に見られる。

もちろんこのホテルの、もしくは同じような高層階にあるホテルの部屋に泊まれば似たような光景は見られるんだろうけど、たぶんそんなホテルに泊まることなんかないんだろうなって思う。

（いやあるかな？）

ずっと料飲部にいるわけじゃないんだ。今年で料飲部は三年目だから、もうそろそろ異動があってもいいはず。それで企画部に配属なんかになったら、視察で他のホテルの部屋に泊まってくることだってあり得るんだ。

（それもいいよな）

ホテルに就職を決めたのは、得意な英語を生かせたらいいかなっていうそれだけの理由だった。アルバイトしていたファストファッションの店で接客ってものをかなり学ばせてもらったからそれも同時に生かせるかなって。

でも、いざ就職のためにいろいろ調べてみたら、ホテル勤務ってすごく奥深い職業だった。そして、小さなホテルと大資本のホテルじゃ全然別の世界になってしまう。

小さなホテルには小さいなりの楽しさもある。出張で泊まりに来るビジネスマンのために朝ご飯のメニューひとつ、たとえば醤油《しょうゆ》ひとつにもこだわったり、女性のためにどんなシャンプーを揃《そろ》えたら人気が出るだろうかって世界中のメーカーを調べたりとか、そういうことを全部小人数で考えたり開発したり、いろいろな面でやりがいがありそうだった。

外資系の大きなホテルだったら、当然のように世界中の人たちの、普段自分たちがいる世界とはまるで違う世界と接する深さがある。仕事だっていろんな種類がある。毎日高級車を駐車場に運ぶドアボーイにはドアボーイのプロの世界がある。研修で見た先輩の駐車テクニックなんてまるで映画みたいだった。そのままスタントマンとしてハリウッドで通用するんじゃないかって思ったぐらいだ。

言葉一つにしても英語だけできればいいってわけじゃなくて、中国語やフランス語、ドイツ語だってできればいろんな面で責任ある仕事が増える。海外の同系列のホテルへの転勤だってあるかもしれない。

与えられた仕事だけこなしていればそれでいいって職業じゃないんだ。もちろんそれはどんな職業にも言えることなんだろうけど、努力して自分を磨《みが》き能力を高めていけば、それはどんどん仕事に直結していく。

ぶっちゃけ、出世できるチャンスが増える。

外資系のここのホテルを受けたのは、そういう理由が大きかった。でも、それ以上に、自分はやっぱり接客業が好きなんだって思えたからだ。たくさんの人に囲まれてたくさんの人に出会える毎日っていうのが好きなんだって何となくわかったから。

お給料も高かったしね。金持ちになりたいなんて考えていないけれど、たくさん給料を貰《もら》えて余裕のある暮らしができれば、それで母《かあ》さんや兄《にい》ちゃんに恩返しができるかなって思ってる。

単純に、このホテルに母さんと兄ちゃん二人で泊まってもらってのんびりしてもらってもいいんだけど。それぐらいなら今でも充分《じゅうぶん》できるんだけど、なかなかそういうチャンスがないんだよね。

兄ちゃんもあちこちに転勤が多くて、随分《ずいぶん》と忙しいみたいだし。

「おはようございます。お二人様ですか？」

お年を召《め》した日本人のご夫婦らしきお二人が微笑《ほほえ》んで頷《うなず》いた。アジア系の外国人の方と日本人の違いはもう大体《だいたい》わかるようになってきた。間違うことはほとんどない。

どこの席が今空《あ》いているかは頭に入っているけれど、この上品そうに見えるお二人にちょうどいい席はどこかを一瞬で決めるのは、やっぱり経験ってものがいるんだ。

特に足腰が悪いとかはなさそうだ。ここに来るまでの足取りもしっかりしていたし、荷物もない。初めて見る顔だから、たぶん昨日チェックインしたお客様で今朝が初めてのレストランでの朝食だろう。

「どうぞこちらへ」

入り口すぐ近くのテーブルは空いているけれど、あそこは丸テーブルだ。お年寄り二人なのだから四角い広いテーブルの方がいい。少し奥まったところだけど、その分だけ静かだ。

「こちらでよろしいでしょうか」

椅子《いす》を引く。

「お食事はバイキングになっております。あちらに和食、その反対側に洋食のメニューが揃っております。お手伝いが必要でしたらホテルの者にお申し付けください。お帰りの際にはこのカードをホテルの者にお渡し願います」

ありがとう、って頷いて二人で料理の並ぶテーブルに向かっていった。

モーニングの時間のホール担当はこれの繰り返しだ。お客様をテーブルに案内する。食べ終わった皿を下げる。料理の量のチェックは別の担当がするから考えなくていい。ただひたすら案内と皿を下げることに集中する。特に難しいこともなにもない。

難しいと言えばたまにいる、無茶な注文をしてくる人たち、モーニングの料理をこのまま部屋に持っていきたい、とか言ってくる常識のない人たちをどうやってさばいていくかぐらいだ。

そういう難しいのはマネージャーに任せればいいんだ。マネージャーの判断で大抵のことはどうにかなる。

向こうで僕に向かって手を上げたお客様を見つけた。少し前に案内したこれも日本人の老夫婦だ。

「はい、お呼びですか」

足音を立てずに急いでテーブルに近づく。

「すまんがね。熱い日本茶って貰えんかな」

「日本茶ですと、あちらにティーバッグのものがございますので」

あぁ違う、と、男性が少し顔を顰《しか》めた。

「ポットのお湯はぬるいだろう。もっと熱い茶が飲みたいんだが」

わがままと言えばわがままだけど、こういう注文にも対応するマニュアルはある。

「では一度ポットのお湯を沸騰《ふっとう》させます。それをお客様にお使いいただきますが、それでよろしいでしょうか」

沸騰といっても百度にはならないけれど。対応できるのはそれが限界だ。ヤカンでお湯をぐらぐら沸《わ》かせてお茶を淹《い》れるわけにはいかない。それで火傷《やけど》でもされたら大きな問題になる。

「それでいいか」

「では、ポットを沸騰させますのでこちらへ」

先にポットへ急いでスイッチを押す。お客様がこっちへ向かってくる合間にお湯は沸く。けっこうそういう注文はあるんだ。

ちょうどお客様がこっちに来たタイミングで沸騰のランプが点《つ》く。

「こちらのティーバッグをお使いください」

トレイにカップと皿を用意する。お湯はお客様に入れていただく。

「テーブルまでお持ちしましょうか？」

このタイミングで言うと、大抵のお客様は自分で持っていくと言ってくれる。これも接客のテクニックだ。最大限のサービスを提供すると同時に最大限の仕事効率も適用させていく。

ホテルっていうのは、この世で最大の客商売だと思う。

客商売って言葉は本当に幅広いけれど、その幅広さを全部含めてまだあまるぐらいの広さがホテルの仕事にはある。

人がその場所に留《とど》まるっていうのには理由がある。

単にその日の寝床だったり、その夜の食事だったり、昼日中の会議だったりいろいろだ。

その全《すべ》てに対応して提供できるのがホテルだ。

推奨《すいしょう》しているわけじゃないしそんなことは絶対にやってほしくはないけれど、浮気にも逢引《あいびき》にも怪《あや》しい撮影にも表に出せない商取引にも使える。つまり、あらゆる犯罪の場にもなり得る。やってほしくはないけれど、こっそりやられたらこちらではどうしようもないんだけど。

つまり、人間の営《いとな》みの場のほぼ全てをホテルは可能にしているんだ。

本当に、仕事としては最高にやりがいがあると思う。

レストランのシフトは三交代制になっている。単純に朝番と夕番と夜番だ。全員の習《しゅう》熟《じゅく》度を上げるために、三日間同じ朝番をやったら一日休みが入って次は夕番を三日、そしてまた休みで夜番。その間に休みがもう一日入って一応週休二日体制で回していく。レストランのホールの人数に余裕を持たせているので、他の部門で欠勤があったり忙しかったりするとそれぞれの経験によってヘルプに入ることも多いんだ。

新人の間は一年の間にほとんどの職種を経験する。ぐるぐるたらい回しにされるんだ。その間に適性とか能力で、どこの部門がいちばん適しているかを判断される。

僕の場合は、自分で言うのは何だけど、見た目の良さと愛想《あいそ》の良さで料飲部のレストランがまずは適職ではないかと判断された。

そこでしばらくは経験を積んで、その後はまた別の部門を希望と適性で判断されることがある。もちろん、本人が希望してずっとそこがいいとなれば、それは充分に考慮されるけれど。

適性を判断するのはもちろん上の方の人たちなんだけど、他のホテルはどうかわからないけど、ここはわかりやすい。はっきりと言ってくる。

「二方《ふたかた》くん」

朝番が終わって休憩室《きゅうけいしつ》でコーヒーを飲んでいたら、西上《にしかみ》部長に声を掛けられた。

「はい」

部長が正面に回ってきて座った。きれいに分けられた七三の髪形にワックスが光っている。すっきりとした顔立ちでいかにも接客業の人だ！　って空気が滲《にじ》み出ている。西上部長がにこやかに微笑んでいる写真を見せたら百人中九十人が「ホテルマン？」って答えると思う。

「君は独身だが」

頷いた。その通りです。独身です。

「近々結婚の予定とか、あるいはそれを考えている恋人はいるのかな」

いきなりプライベートな質問で何だろうと思ったけど、西上さんは冗談や世間話でそんなハラスメント紛《まが》いの質問をしてくる人じゃない。仕事の延長線での話なんだろうと思って、首を横に振った。

「結婚の予定はまったくありません。恋人は」

苦笑《にがわら》いしてしまった。

「ついこの間、一年間ほど付き合った人と別れたばかりです」

部長が驚いた顔をした。

「本当にかい」

「本当なんです」

「それは、何だか悪いことを訊《き》いてしまったな」

「いえ、大丈夫です」

これがバーカウンターで話しているんだったら、ほんの二週間ほど前のことなんですよねぇ、って思わず詳《くわ》しく話し出してしまったんじゃないか。

本当なんだ。一年ぐらい付き合った同期の増村《ますむら》さんにフラれてしまった。実は付き合おうと言われたのも向こうからなんで、僕としては何だお前、って言いたかったところをグッと堪《こら》えていた。

理由は、どうもハッキリしないけど、まとめてみると〈けっこうイイ男だから付き合ってみたけど意外に面白《おもしろ》みに欠けた性格だった〉ってところらしい。

西上部長がすまなそうな顔をしながら、小さく頷いた。

「まぁそれなら話をしやすいんだが、料飲部のメニュー企画として〈ご当地もの〉があるのは知っているね？」

「もちろんです」

レストランメニューの話だ。

ホテルのレストランは、ただ美味《おい》しい料理を出しているだけじゃあ、お客様は寄ってこない。ましてや宿泊客が全員ホテルで食事をしてくれるわけじゃない。統計によると我がホテルの宿泊客が、レストランを朝食以外の食事で利用してくれるのは五割もいかない。つまりおよそ六割の人が他のところで昼ご飯や晩ご飯を食べているんだ。それを八割とか九割に持っていけるようなメニュー開発があればベストであることは言うまでもない。

それで、今まで何度か〈ご当地もの〉として、地方の食材と郷土料理をメインにしたフェアを行っているんだ。この間は秋田フェアをやっていた。

「それが今一つ伸び悩んでいることもわかってるね」

「わかってます」

フェアをやれば普段よりはディナータイムの利用は増えるけれど、期待するほどの伸びはない。つまり、予算を掛けたほどの利益は上がっていないってことだ。何よりも、そういうフェアはいまやどこでも手を出していて、むしろ定番化されているんだ。百貨店の行う〈北海道物産展〉なんかはどこでもドル箱だって話なんだ。だからお客様に飽《あ》きられているって側面もある。かといって、まるっきり人気がないわけでもないのが、ちょっとこまりものなんだって話を篠原《ささはら》シェフも言っていた。

「つまりそれは、企画会社のお仕着せの〈ご当地もの〉ではもう限界だと判断しているんだ。我々独自の観点による、〈マンキュラスホテル東京〉のステイタスにふさわしいメニューを考案し続け、なおかつ利益を上げなければならないとね」

「はい」

その通りだと思う。

「しかも、効率的に、だ」

効率的に。

少し首を捻《ひね》ったら、西上部長はちょっと咳払《せきばら》いっぽい声を出した。

「要するに、もうこれ以上似たような〈ご当地もの企画〉で、企画会社に多大なる予算を支払うより、有能な社員一人に任せてみるのも一つの手段なんじゃないかという話が出ているんだ」

有能な社員一人に何を任せるって言うんだ。

「まさか」

部長は、頷いた。

「その、まさか、だ」

僕に？

「僕に、ですか」

「君にだ」

マジか。

っていうか、何を考えているんだって思ってしまった。

「何を、任せてくれるんでしょうか」

「一人の社員が日本中を渡り歩き、まだ隠された旨《うま》いもの、名物、郷土料理、あるいは斬《ざん》新《しん》な地方のスイーツなど、そういうものを食べ歩き探し歩くその予算と、企画会社に支払う予算を比べたらはるかにとてつもなく前者の方が効率的なわけだ。君は料理人ではないが、その味覚の鋭《するど》さは篠原シェフの折り紙付きなのは皆がわかっているから不平不満も出ない。なおかつ」

そうか。

「僕が独身で恋人も今はいないなら、四季を巡《めぐ》って一年間ぐらい日本を回っても大丈夫だろう、ということですか」

「その通りだ。家族持ちにその仕事を任せるのは問題も出兼ねないのでね」

それで彼女はいないかって訊いてきたのか。案外もう噂《うわさ》で増村さんにフラれてしまったことを部長は知っていたんじゃないか。

いや、でもどうなんだろう。

ものすっごくありがたいお話なのは間違いないんだけど。

「リスキーな部分も多いのではないでしょうか。もちろん、辞令が出たのなら一生懸命《いっしょうけんめい》やりますけど、肝心《かんじん》の美味しいものを上手《うま》いこと見つけられなかったり仮に見つけたとしてもそれをフェアに仕上げるのは」

僕だけじゃ無理ですって言おうとしたら、もちろんだって部長は頷いた。

「そこは、君だけに任せはしない」

「そうですよね」

「きちんとこちらでバックアップする。篠原シェフに加えて料飲部だけではなく、全社でプロジェクトチームを作る。候補選定やメニュー企画はすべてそこで行うから、君の仕事はとにかく歩き回り走り回り、メジャーなものも含め、いまだメジャーになっていない旨い料理や食材を見つけて、食べて、その細《こま》かなデータを際限なくこちらに送り続けることだ」

「単にその料理の調理法や食材だけではなく、それを生み出した歴史や風土も全て踏まえて写真やデータを揃えて毎日のように送信していく、ということですね？」

西上部長がにこりと微笑んだ。

「さすがだね。君の趣味であるカメラの腕や、学生時代に日本中を自転車で旅をしたという経験も加味して、この仕事の適任者は君をおいて他にいないという判断なんだ」

高校生になったとき、兄ちゃんが言っていた。何でもやりたいと思ったらできるときにやっておけって。

本当だなって、しみじみ思った。

「太りそうな仕事ですね」

そう言ったら、うん、って部長も頷いた。

「君は痩《や》せ過ぎだからちょうどいい」

辞令は二週間後に出るって言われて、その間に準備を整《ととの》えるように指示された。つまり、けっこうな間自分の部屋を留守にすることも多くなるので、そこをどうするかは自分で判断してくれって。

何だったらいったん今借りている部屋を解約して、しばらく実家に戻ってもいいんじゃないかって部長は言っていた。もしもそれを考えるのなら、新しく部屋を借りるときには会社の方から補助金を出せるように申請《しんせい》してくれるって。

向こうでスケジュールを立ててくれるわけじゃないんだ。全部僕が勝手に組んでいいんだけど、最初はやっぱり関東や関西圏内をぐるりと回る方がいいんじゃないかって部長もシェフも言っていた。

まずは近辺を回って、それから北なら北海道に行く。南なら九州に行く。そして、何日も掛けてゆっくりじっくり回ってくる。

とんでもなくいい仕事のようにも思えるけれど、現実的に考えるならかなりキツイと思う。何せ一人なんだ。

一人で旅をするって、思っている以上に気持ちが強くないといろんなものにやられるんだ。それは自転車であちこち回ってつくづく実感した。ましてやただの趣味で旅をしても一人のキツさに音《ね》を上げることもあるのに、今度は〈仕事〉なんだ。

責任の重さと一人旅のキツさにやられないように、できるだけ息抜きもできるスケジュールを立てなきゃならない。

「けっこうしんどいよな」

車は必要ならホテルの車を貸してくれる。ただ、事故は怖い。もちろん飛行機で行った方がいい北海道や九州なんかの遠隔地《えんかくち》なら、現地を回るのは電車を使った方がいいかもしれない。

でも、北海道なんかは車がないと無理だ。絶対にスムーズに回れない。

「だったらレンタカーか」

とりあえず、関東圏内はホテルの車で回るのがいちばんいいかもしれない。

ついでに休日に兄ちゃんの家に寄ってこようって思った。

毎年お正月には兄ちゃんは実家に帰ってくるけど、僕は就職してからお正月に帰れないことが多くなったんだ。

だから、もう二年ぐらいまともに顔を合わせていないし、今まで兄ちゃんの暮らしている町を訪ねたこともない。

今は神奈川県の治畑《ちばたけ》ってところにアパートを借りているんだ。

兄ちゃんにＬＩＮＥしてみた。

〈今度治畑に行こうと思うんだけど〉

〈どうした。休みにか？〉

〈休みの日だけど、配置転換があるんだ。しばらくの間、あちこち国内を回るんだ〉

〈ホテルであちこち回るってなんだ。転勤か〉

〈ややこしいから会ったときにでもゆっくり話すけど、要はレストランのメニュー探しで
美味しいものを見つけ歩く仕事〉

〈羨《うらや》ましい仕事をやるもんだな〉

〈運が良かったかも。それで、神奈川も回るから〉

〈そうか。いつごろになる予定なんだ〉

〈たぶん、来月には〉

〈美味しいものか〉

〈そう〉

〈それなら、神奈川の錦織《にしきおり》って集落の近くにある【国道食堂】に寄れ〉

〈【国道食堂】？〉

〈そう。文字通り国道五一七号線に面したところにあるんだ。住所は後で送る〉

〈美味しいものがあるの？〉

〈美味しいものもあるし、今そこに入り浸《びた》っているんだ。部屋にいるよりそっちにいる時間の方が長い〉

へぇ。食堂の常連になってるってことか。

〈わかった。行くときにはＬＩＮＥする〉

〈了解〉

すぐにググってみたけど【国道食堂】ではほんの少ししか出てこなかった。でも、カレーが最高とか、ギョーザが美味しいって評判で、リングがあるって書いてあった。

「リング、って何だろう」

ボクシングのリング？

何でそんなものが食堂にあるんだろう。でも、楽しそうな店であることは間違いない。

何たってあの兄ちゃんが常連になっているんだから、絶対に普通の店なんかじゃない。

☆

一応は最後のホールの日は昼番だった。

ディナータイムの前にはもう上がれる。

辞《や》めるわけじゃないし、所属は料飲部のままだから特にお別れの会とかあるわけじゃなくて、皆にしばらく会えないけれどよろしくって挨拶《あいさつ》して回っていたんだ。

そして昼番ももう終わるっていう時間になってから、その人に気づいた。

別の人間がテーブルに案内したんだろう。そこに座っていることに僕はまったく気づいていなかった。

（あの人は）

いちばん奥のテーブル。

四人掛けの広いところで三人で座っている。

二人は男性で一人が女性。全員スーツを着て何か書類を広げているから、打ち合わせか何かなのは確実。つまりビジネスマンとビジネスウーマン。男性の一人は中央アジアっぽい雰囲気《ふんいき》を漂《ただよ》わせている。

女性が、よく喋《しゃべ》っている。何かを説明している。笑みを湛《たた》えて優しげな雰囲気はあるけれども、その奥の有能さは隠しようもない感じだ。肩にかからない程度の黒い髪の毛、うりざね顔で印象的なぐらいに大きな瞳《ひとみ》。よく動く細い指。

（間違いない）

池野《いけの》さんだ。

池野美智《みち》さん。

高校生の頃《ころ》、兄ちゃんの彼女だった女性。

卒業と同時に別れてしまった人。

その別れの原因のひとつは、たぶん、僕だった。いや僕だけじゃなくて妹の佐紀《さき》もたぶんそうなんだけど。

まだ小さかった僕たちをちゃんと進学させるために、兄ちゃんは大学進学をあきらめた。

そして池野さんは東大に行った。

それで、二人は別れたんだ。

兄ちゃんの方から別れようって言ったらしい。

あの頃、兄ちゃんと美智さんが高校生だった頃、何度も家に来たことがある。

まだ中学生だった僕や、小学生だった佐紀に優しく接してくれた。佐紀なんかはきれいで優しいお姉さんの美智さんが大好きで、本当のお姉さんになってほしいって言ったことも何度もあった。あいつは兄しかいないので姉が欲しかったんだと思う。そんなこと言ったら僕だってきれいなお姉さんは欲しかったけれど。

（変わってない）

いや、きれいな女性であることはまるで変わってないけど、変わってる。大人の女性になっている。

仕事でこの近くに来たので、ここを利用したんだろうか。いや、この近くにお茶を飲めるところなんかいくらでもあるから、今日ここであるカンファレンスや何かでホテルに来たって考える方が自然だ。

どんな仕事をしているんだろう。兄ちゃんも全然知らないはずだ。どう見ても仕事ができるビジネスウーマンにしか見えないけれど。

指を見てしまった。

美智さんのきれいな細い指。

そこに、結婚指輪はなかった。

もちろん、結婚していても指輪をしない人だっているから断定はできないけれど。

もう交代の時間になっていたんだけど、そこのテーブルに向かって歩き出していた。会話の切れ間を狙《ねら》って声を掛ける。

「コーヒーのお代わりはいかがでしょうか」

美智さんはコーヒーを飲んでいないけれど、向かい側の男性は飲んでいる。美智さんが、ちらりと僕を見た。

「あぁ、いやもういいよ」

男性は軽く手を上げて頷く。

美智さんが僕に気づいてくれないかと期待したけど、一瞬だけ僕を見て、すぐにその眼《め》はまたテーブルに落ちた。やっぱり覚えてないかなって思った次の瞬間に、美智さんがまた僕を見た。

その大きな瞳が僕の顔を捉《とら》えて、あ、という表情になって胸元にあるネームを見てくれた。

〈二方〉のネーム。

珍しい名字なんだ。親戚《しんせき》以外にこの名字の人にはまだ出会ったことがない。

「将二《しょうじ》くん?!」

気づいてくれた。

にっこり微笑んで、小さく頷いて自分のホテルのネームカードをそっと美智さんの前に置いた。

「後ほど、お時間がありましたらご連絡下さい」

失礼しました、って頭をゆっくりと下げて、立ち去る。本当ならこういうことは、知り合いに会ったからって自分から声を掛けるようなことはあまりしちゃダメなんだけど、これぐらいなら自分の判断で許される。

ホール長に知り合いがいるからって伝えて、上がる時間になってももう少しレジにいることにした。十五分もしたら、美智さんと同じテーブルにいた男性二人が帰っていった。テーブルの方を見ると、会計は美智さんがするみたいで、一人でテーブルに座っていた。そして、僕を見て手を軽く上げた。

「お久しぶりです」

テーブルの脇《わき》に立って少し腰を屈《かが》めて小さな声で言った。

「びっくりした！」

美智さんが、笑顔で手を軽く合わせた。

「ここで働いていたのね？」

「そうなんです」

大きくなっちゃって驚いたわって笑顔のままでまた繰り返した。

「この後はまだお仕事なの？」

「もう上がれるんです」

それじゃあ、って左手の腕時計を見た。

「私、もうちょっとなら時間があるの。小一時間ぐらいなら大丈夫なんだけど、ホテルの裏にスタバがあるわよね」

「そこで会えるかしら？」

「あります」

はい、って笑顔で頷いた。

着替えながら、どんな話をするべきか考えていたんだ。

もちろん僕がこうやってここのホテルで働いていることや、妹の佐紀は一年ぐらい前に結婚したこと。今、妊娠していること。

母さんは元気だけど、今ちょっと足を悪くしていること。佐紀とその旦那《だんな》さんと一緒に暮らしていること。

兄ちゃんのことももちろん話すけれど。

「その前に」

今、美智さんがどんな仕事をしているのかだな。そして、独身かどうかも訊こうか。でもそれは失礼だろうか。美智さんが自分から言ってくるのを待つべきか。

もしも、もしも独身だったなら。

そして彼氏とか婚約者とかがいないんであれば、兄ちゃんの住所とか連絡先を教えた方がいいんだろうか。

美智さんが、それを訊いてくれればいいなって思う。
心の底から思う。
だって、僕も佐紀も、たぶん母さんも思っていたんだ。
兄ちゃんと美智さんがこのままずっと付き合って結婚してくれればいいなって。
本当に、そう思っていたんだ。

1st season

山田久一

五十九歳　トラックドライバー

国道五一七号線は二週間に一往復走る。時間調節と経費削減で高速を走れないことに不満たらたらの奴《やつ》もいるらしいが、俺《おれ》は、好きだぜ。

このルート五一七。

走りやすいんだ。

適度に狭くて適度な長さのカーブがあって、さらに適度に田舎《いなか》の風景が続いて。

北海道みたいにどこを走ってもやたら道路が広いのは、確かに気が楽でいいんだがついつい速度が出ちまうし、何より運転が楽過ぎて眠気がやってきたりする。まぁ眠気を防ぐ術《すべ》は身についているから眠ったことなんかないけどな。

その点、この道はいい。

対向車とすれ違うときの車体間隔もいい。軽自動車の皆さんには大型トラックの風圧がちょいと気の毒にはなるが、そこは勘弁《かんべん》してもらう。危険な運転なんかもちろんしないからさ。

何よりもここを走ると〈国道食堂〉に寄れるのがいいんだ。文字通り月に二回のお楽しみだ。

あそこの飯《めし》は旨《うま》い。

何を食っても旨い。どうしてあんなに旨いのにもっと評判にならないのか不思議なぐらいなんだが、まぁちょっと味付けは濃いのかもしれない。基本、俺らみたいな肉体労働の連中を相手にしているからだろうな。

肉体労働ったって、トラックドライバーは別に荷物を自分の手で運ぶわけじゃないんだから肉体を酷使《こくし》しているわけじゃないだろう。身体《からだ》は、筋肉的な疲労をするわけじゃないだろう？　なんて言われることもある。

そうじゃないんだな。

俺も実は車の運転なんて特に筋肉を使うわけじゃないんだし、肉体は疲れないだろうって思っていた。実際、ただ座ってハンドルを動かしているだけなんだから、デスクワークと変わらない運動量じゃないかってな。

そうじゃない。運転は筋肉じゃなくて脳を使うんだ。

全身の感覚をフル動員して行う。視覚はもちろん聴覚も皮膚の感覚も身体に伝わる全《すべ》ての情報を処理して行うスポーツみたいなもんだ。

最近はゲームが〈eスポーツ〉ってことでオリンピックの種目になるって騒がれているが、基本的には運転も同じものだと俺は思うよ。チェスや将棋や碁だって今はスポーツとして捉《とら》えられているよな。

頭を使うと、脳を使うと、身体は疲れるんだ。身体を動かさなくてもブドウ糖を大量に消費するんだ。

同じ感覚で、小説家とかマンガ家とかイラストレーターとかもそうだと俺は思っている。座っているだけなんだけど、脳はフル稼働《かどう》している。身体が疲れて、腹が減る。体力勝負なのはどんな職業だってそうなんだ。

だから、トラックドライバーも、座ってハンドルを動かしているだけでも腹が減る。ましてや集中している時間がデスクワークのそれよりはるかに長い。三時間四時間ずっとハンドルを握りっ放しってのはよくあるんだからな。

腹が減ったら、旨いものを食いたくなる。身体を動かすためのエネルギーじゃない。脳を動かすための栄養が必要になるんだ。

電子音が三回なる。

「はいよー」

運転を始めて三時間経《た》ちましたって合図だ。これが四回鳴ったら、つまり四時間走ったら強制的に三十分休憩《きゅうけい》しなきゃならない。これが休憩しないと罰則《ばっそく》になるのさ。ところがどっこいこの大型トラックを停《と》められるところなんか限られてくる。しかも三十分間も停めておけるところなんかそうそうない。コンビニがあちこちにあるそこそこの街ならともかく田舎道はコンビニだって限られてくる。

だから、ルートの中でどこで停めておけるかっていう地図を会社で作ってあるのさ。

「なんだかな」

休憩しないと怒られるってのは、どう言えばいいのかわからないが、なんつーか不思議な感覚だ。

十年、いや二十年前だったら休憩なんかしていたら怒られた。休憩するってことは向こうに到着するのが遅れるってことだからな。早く着けばそれだけ褒《ほ》められた。「さすがだな」ってな。

それが、今は早く着いても怒られるんだ。「時間通りに来てくれなきゃ困るよ」ってな。

もちろん遅く着いても怒られるんだが、それはまぁあたりまえだ。

働き方改革とか、ブラックとか何とか、本当に今の企業は大変だよ。

〈二十四時間戦えますか〉って時代にガンガン文字通り二十四時間働いてきた俺たちは、

なんかもう同情しちゃうよね今の連中に。

四時間走ったら三十分休憩とかもそうだけど、トラックドライバーやタクシードライバーはさ、定期的にアルコールチェックしてLINEで送信なんかするんだぜ。むやみやたらにハイテクでさ。この運転席にも監視カメラがあって、車が動いている間はずっと会社に送信されている。その設備投資だってけっこうな費用になるんだから、本当に会社も大変よもういろいろ。まぁ監視されるこっち側は慣れちゃえばそれで済むからいいけどさ。実際、運転席で悪いことできるはずもないしな。

二週間ぶりの〈国道食堂〉。

夕方の五時はちょうどいい時間だ。まだ全然混《こ》んではいないし、夕暮れ時のこの辺《あた》りの景色の素晴らしさは、ここを通る奴らなら誰でも知ってる。

皆、国道に頭を向けて停めるんだよな。ケツを向けて停めるのは素人《しろうと》っつーか、景色の素晴らしさを知らない連中だ。まぁ普通乗用車だと景色の良さも半減しちまうけど、大型トラックの運転席から眺《なが》める山の様子は本当にいい。

停めて、そして窓を開けてから、一服するんだ。

喫煙者だが、運転中は吸わない。事故の原因になったりするし、吸い過ぎるからな。それも会社からはもちろん止められてるぜ。運転中に煙草《たばこ》を吸っちゃいけないって。

煙草は休憩中に一本だけだ。そう決めている。

長生きしようなんて思っていないけどな。この仕事をできるだけ長く続けていたい。だから、自分で気持ち良《い》いって思うことしかしない。

酒も、ほとんど飲まない。ごくたまに旧友と会ったときぐらいだ。それも最近じゃあ誰《だれ》かの葬式なんてことが多いんだがな。

「いい天気だ」

今日も、いい夕暮れだ。山が文字通りオレンジ色に染まっている。あの錦織《にしきおり》に住んでみるのもいいんじゃないかって思うこともある。畑付きのいい空《あ》き家が何軒かあるって話なんだよな。

最もそれはトラックドライバーを引退するときなんだろうけど。

煙草の煙が流れていくのと、山並みに沈んでいく夕陽を存分に堪能《たんのう》する。車内に流す曲は、今日は〈コモドアーズ〉の『Easy』にした。

名曲だ。

沁《し》みる。

「よし」

飯だ。

今夜も旨い飯を食える。

「お、いらっしゃいキュウさん」

入り口から入っていくと、厨房《ちゅうぼう》から声が掛かった。ここの店主で元・プロレスラーの本橋十一《もとはしじゅういち》。俺は大将《たいしょう》って呼んでんだけど向こうはキュウさんって呼ぶ。久一《ひさかず》の久をとってキュウだ。大体《だいたい》仲の良い連中はそう呼ぶんだ。

「大将、今夜泊まり部屋空いてるかい？」

「空いてますよ。今日は空荷《からに》？」

「そうなんだ。明日向こうで積んで戻っからさ」

「好きなところの鍵《かぎ》持ってってていいすよ」

部屋の鍵がどこにあるかは常連なら知ってる。入り口の脇《わき》にある壁だ。そこにスチール製の立派なボックスがあって、開けば一号室から八号室までの部屋の鍵が並んでいるんだ。

いちばん眺めがいいのは一号室だ。

その鍵を取って、ボックスの横にある小さなホワイトボードに自分で書き入れる。一号室の横に〈使用中・山田《やまだ》〉ってな。もちろん、常連じゃない人にはちゃんと大将が案内してくれる。

「一号室借りるなー」

大将に言って鍵を取って、二階への階段を昇って行く。

ここの部屋は全室畳敷《たたみじ》きで、それなのにベッドなのがおもしろいんだ。何でもどっかの米軍基地の宿舎で使っていたパイプベッドを貰《もら》ってきたんだとか。床に寝たい奴はベッドの布団を下《お》ろして使えばいい。簡易宿泊所にありがちな布団《ふとん》の古くささは一切ない。いつ泊まっても、シーツも布団も枕《まくら》も洗濯されたばかりみたいないい匂《にお》いがしている。

一部屋の広さは八畳間。一人で寝るのには充分《じゅうぶん》過ぎるほどの広さだ。型は古いがテレビもラジオも置いてあるし、お茶やコーヒーは食堂に置いてあるものを好きに飲める。

充分だ。旨い飯と風呂《ふろ》と清潔な寝床。

それ以上の贅沢《ぜいたく》を言っちゃあバチが当たるってもんだ。


「お」

風呂に入りに二階から降りてきたら、ホワイトボードに名前が書いてあった。二号室のところに。

〈使用中：二方〉

（ふたかた、って読むのか？）

聞き慣れない珍しい名字だった。ここに泊まりに来る連中は大体は常連ばかりで、知らない名前であってもたぶん間違いなくトラックドライバーなんだが。

（誰だろうな）

そんなふうに思いながら風呂場の脱衣所の扉を開《あ》けると、先客がちょうど服を脱いでいるところだった。

やっぱり見知らぬ顔。

しかも、いい男だ。イケメンだ。まだ二十代にも見えるが、若く見える三十代かもしれない。

「どうも」

眼《め》が合うと、向こうがちょっと笑顔を見せて会釈《えしゃく》するので、こっちもそうする。

「お疲れ様。会ったことないよな？」

はい、ってまた笑顔を見せる。あぁこの笑顔は営業したことある奴だなってすぐにわかった。

「最近、っていうかここ二ヶ月ぐらいよく通うようになったんですよ」

そうか。

やっぱり新人さんか。

「ひょっとして二方さん、って読むのかな。二号室に泊まりの」

「あ、そうです。じゃあ山田さんですか」

すぐに泊まりの人間だってわかったんだな。さすが察《さっ》しがいいのは営業マンだ。いやまだわからんけど。二人でそうかそうか、と頷《うなず》き合いながら、風呂に向かう。

男の裸に興味はないが、スポーツをやってる人間かなって思うほどに、なかなか締まった身体つきだった。

「運転手かい」

「似たようなものですけど、ルート営業マンです。置き薬の」

「あぁ、そうか」

そういや、名前を聞いたことのある薬の会社の営業車が停まっていたな。そうかルート営業マンか。

それにしても。

「いい身体つきしてるよな。何かスポーツでもやってるのかい」

「いや、特に何もしていないです。でも、最近ちょっと体力作りのために走り込んだりしてるんですよ。山田さんは、ドライバーですか？」

「おう、そうだ」

バリバリの現役のトラックドライバーだ。この道二十数年のな。

二人でゆっくりと湯船に浸《つ》かる。思わず、あぁ、と声が漏《も》れる。風呂はいいよな。本当にいい。

「ルート営業マンで、こんなふうに宿泊所に泊まりなんてことはよくあるのかい」

そんなパターンは聞いたことなかったので言ったら、いや、と少し苦笑して首を横に振った。

「たぶん、普通はないですね。僕は十一さんにお店のリングを夜に借りるので、泊まるんですよ。だから、仕事じゃなくプライベートです」

爽《さわ》やかな笑顔で言う。

リングを借りるのか。

ここのリングでいろいろやってるのは知ってる。大将は昔取った杵柄《きねづか》でアマチュアを相手にプロレスを見せたりしているし、音楽のライブとかもやってるって話だが、それは全部週末にだ。

今日は火曜日だ。

「週末じゃないから、何か客を入れて、リングの上でやるわけじゃないよな」

「練習ですね」

「練習」

何をやる人なのか、二方くんは。

「何の練習だい」

また少し恥ずかしそうに微笑《ほほえ》んだ。

「芝居です。演劇ですね」

演劇。

あのリングでか。

☆

「へぇ、高校生のときに」

そうなんですよ、と大将が頷いた。

一杯やりますか、って仕事を上がった大将が言ってきたので、食堂に降りて二人で水割りを飲んだ。もちろん店はもう営業を終了している。そして、二方くんがこれからリングで芝居の練習をするってんだ。

大将から、二方くんとは実は彼がまだ高校生のときに知り合っていて、それから十何年も経《た》ってここで再会した話を聞いた。

「そんな偶然もあるんだな」

「まったくね。長く生きてりゃ楽しいこともあるもんで」

リングの上の蛍光灯が点《つ》いていて、二方くんが柔軟《じゅうなん》体操をしている。そんなのを肴《さかな》に飲むってのも初体験だな。

「一人芝居か」

「そうそう。何度かこうやって練習風景を見てますがね。かなり様になってきましたよ」

大将が嬉《うれ》しそうに言う。

一人芝居。

そんなのを観るのも、随分《ずいぶん》と久しぶりだ。

白いシャツにジーンズの二方くんが、柔軟を終えてリングに飛び乗るように上がってきてロープを摑《つか》んだ時点で、わかった。

これは、入ってるってな。

もう彼が役に入っているのがビンビンに伝わってきた。そんな感覚を味わうのも本当に久しぶりだ。

いい男だ。

姿形《すがたかたち》が、佇《たたず》まいが、もう〈良《い》い〉んだ。本当にただの営業マンなのかって疑問に思うぐらいに、良い。

歩いてきて、リングの真ん中に置いてある椅子《いす》に座る。それだけで、演じている男が仕事から帰ってきたサラリーマンだっていうことがわかった。一日の仕事の疲労感と、家に帰ってきた安堵《あんど》感が自然に伝わってくる。

そして、何気ない仕草《しぐさ》で彼が手紙を持っていることもわかる。

何通かの手紙はきっとDMと請求書と、そして軽い驚きで何か普通ではない手紙が混じっていたことも、わかった。

『向井《むかい》？』

手紙が〈向井さん〉から来たのか。それは誰だ。何でそんなに驚いているんだ、と、思ったところで二方くんはまるでスローモーションの再生を見ているような動きでゆっくりと回転しながら椅子から立ち上がって、反対側を向く。

『どうして、手紙なんか来たんだろう』

巧《うま》い。

椅子から尋常《じんじょう》ではない動きで立ち上がったことで、これは現実の台詞《せりふ》じゃなくて、頭の中で繰り広げられる独白《どくはく》だっていうことが素直に伝わってくる。

オーラってのは、あるんだ。

別にスピリチュアルとかそういうもんじゃなくてな。普通の人間が普通に持っている雰《ふん》囲気《いき》ってやつだ。それがビンビンに感じられる瞬間とか、ビンビンに発するときってのはあるんだよ。

そしてそういうものを自分の舞台で出せる人間ってのが、やっぱり有名人とかスターとかになっていくんだよな。

今でも覚えてるぜ。

あれは元巨人の原《はら》がまだ現役バリバリのときだよ。

どことの試合だったかは忘れたけど、とにかく荒れた試合だったんだ。その荒れた中で、チャンスに原に打順が回ってきた。そういうものなんだよな。そういう人間ってのは持って生まれた運ってのがあるんだ。そこでホームランを打てば一発逆転ってときに、打席が回ってくるんだ。

テレビ画面に原がバットを持ってバッターボックスに向かうのが映《うつ》った瞬間にわかったさ。

あ、これはホームランを打つな、ってさ。

オーラがビンビンに出まくって、それがテレビ画面からも伝わってきたのさ。そういう特別のオーラを持った人間の前では、もうピッチャーは蛇に睨《にら》まれたカエルみたいなもんだ。

原は打ったよ。ホームランをさ。しかも必死に食らいついて打ったホームランじゃない。打つべくして打ったホームランだった。それこそまだ俺も若い頃《ころ》の話だ。オーラを纏《まと》った人間ってのを、初めて知った瞬間だったよ。

それと同じようなオーラを、二方くんは身に纏っている。そして放っている。

演技者が、それも一流の、もしくは一流になるべき演技者が持つオーラだ。

血が騒ぐ、って表現がある。

今まで意識したこともなかったが、そういうのは本当にあるもんなんだなって、わかった。

血が騒いだ。

何の血だ？

俺の中にかつて流れていた、広告屋の血だ。

俺は、東京で、あのバブルの時代に、十年間広告代理店でプランナーをやっていた。

そう、やっていたんだ。

二方将一。

この男には、才能がある。

持って生まれた華がある。

こんなところ、なんて言っちゃあ大将に悪いが、田舎の飯屋のリングに立つだけじゃあ惜《お》しい。

もっと光り輝く場所に立てる人間だ。

「ちょっと、話したいんだけどな」

一通り練習を終えて、リングから降りてきた二方くんに言った。大将と三人で軽く乾杯だ。本当に軽くだ。明日もお互い仕事がある。俺たちはアルコールが残っていちゃあまずい商売だ。

「この芝居なんだけどな」

「はい」

「いやこの一人芝居もそうなんだけど、それだけじゃなくて、そもそも俳優として表に出る気はないのか？」

表？　って言いながら二方くんはきょとんとする。

「それは、どういう意味でですか」

「この芝居を東京に持っていって、どこかでやる。同時にどっかの事務所に所属して俳優として食って行こうとは思わないのかって話さ」

「いやいや」

二方くんは笑って手を振った。

「そんなこと、まったく考えてないです」

「じゃあ、この一人芝居は何のためにやるんだ」

二方くんは、うん、って迷いのない感じで頷いた。

「自分の中に眠っていたものを、確認するためです」

「眠っていたものとは」

「演技をすることが、いちばん楽しかったという気持ちですね。無理やりに断ち切ったものが今も自分の中にあるのか。あるなら、もうそれを一生持ち続けてもいいんじゃないかって確認したかったんですよ」

親父《おやじ》さんが亡くなって、進学をあきらめて幼い弟妹のために就職した話は大将から聞いた。そのときに、好きだった演劇も全部止《や》めたこと。ついでって言っちゃあ何だが、彼女と別れたことも。

「つまり、趣味として演劇を続けてもいいんじゃないかってことを、確認したかったってことか」

「そういうことです」

それは、もったいない。

「趣味じゃダメだぜ」

「ダメですか」

「君は、俳優になるべきだぜ。いや、なれる。ならなきゃおかしい。それも日本を代表するような俳優にだ」

「そんな」

大げさですって、二方くんは笑う。

まぁ普通はそうだよな。トラックの運転手にそんなこと言われても、笑っちゃうしかないよな。

「大げさなんかじゃないんだ二方くん。君の演技は、凄《すご》い。俳優として世に出るべき存在だ。そしてだな、そう見抜いた俺の眼に狂いはない」

「山田さんの、眼」

そうだ。

俺の眼力だ。そういうものを見抜く眼を俺は持っている。

「信用してもらうために言うが、俺は、元々は違う商売をしていた」

「まったく違う商売だ。大将にも言ったことがないが」

「なんですか？」

大将も訊《き》いてきた。

「東京の、広告代理店にいた」

二人して、え？　っていう顔をする。

そんな顔になるよな。今の俺はどこからどうみても、ちょいと気の良いトラックの運転手だよな。

「誰でも知ってるデカイところにいたんだよ」

「あそこですか」

大将が東京の広告会社の名前を出す。そうだ、そこだ。

「大将もバリバリのプロレスラーだった頃はいろいろと関係したよな」

「しましたね。何人もの人と会いましたよ」

「そこで俺は、プランナーをやっていたんだ。実は大将も参加したあの大会も俺はプロデューサーとしてやっていたんだぜ」

「マジですか」

マジなんだ。

「昔話は好きじゃないが、信用してもらうために言う」

あれも、これも、あれもやった、手掛けた。

バブルの最中にやった派手なイベントなんかもどんどん名前を出す。まだ三十代の二方くんは直接知らなくても、どっかで聞いたことのあるものばかりだ。

「そんな仕事をしていたんですね」

「まったくな。中身のないバカみたいなものも多かったけどな」

それでも、時代を作ってきたという自負はある。

今から考えるとどんなにバカでクソみたいなものでも、何万人何十万人という人を熱狂させてきた。

「つまり、エンターテインメントというものを、理解している男と思ってくれていい。もうそこを、その舞台から離れて二十年にもなるが、ああいうものの本質は時代がいくら変わっても、変わらない」

大将が頷く。

「わかりますよ。俺も、そこにいましたからね」

「そうだろう？　観客を魅《み》せることに関しちゃあ、エンターテインメントの部分は大将だって一流のプロだったんだ。だからあれなんだろ？　二方くんに何かを感じたんじゃないのか」

ニヤリと笑った。

「そうなんですか？」

二方くんが訊くと、大将がゆっくり頷いた。

「言ってないと思うけどな」

「聞いてないですよ。単純にリングを貸してくれると思ってた」

「まぁそりゃあそうなんだけどよ。二方は間違いなくそっちの人間だって思ったからな。それこそ高校生のときのあの学園祭の舞台を観たときに思っていたな」

「そっちの人間」

そうだぜ、って俺も頷いた。

「簡単に言っちまえば、人前に立てる才能だ。エンターテインメントの世界で誰かに見てもらえる側の人間。そういうもんは、持って生まれた資質なんだよ。育《はぐく》まれる部分は確かにあるが、そもそも、そういう人間じゃないとステージに立てるもんじゃないんだ」

そういうものなんだ。

「単なる練習を見ただけでも、君の凄みは理解できた。これは絶対に多くの人を唸《うな》らせる舞台になる。俳優〈二方将一〉は、世に出られる存在だってな」

二方くんが、ほんの少し真面目《まじめ》な表情を見せた。少しだけ考え込んだ。

「もちろん、ここでの本番を迎えてからの話になるが、どうだ？　俺の知り合いはまだほとんどが広告の世界にいる。しかも全員いい年のおっさんだから、力を持った連中ばかりだ。いくらでも後押しできるし、俺は、ぜひしてみたい。お前さんが世に出ていく手伝いをしたいんだがな」

小さく頷いてから、二方くんが微笑む。

「凄く嬉しいし、ありがたい話ですけど」

「おっと、今断るのはなしだぜ。なんたってお前さんはもう走り出しているんだ。自分の作品を世に出そうとしているアーティストなんだからな」

自分の作品を、つまり俳優の場合は自分自身が表に出ることを否定しちまったらそりゃあバカってもんだ。

「確かに、そうですね」

「まずは、本番を記録させてくれ。一回こっきりなんてのはなしだ。練習だけでも金を取れるのは本当に保証する」

マジで、身体が震《ふる》えたぐらいだ。

「でもどうして、山田さんはトラックの運転手になったんですか」

そんな眼力を今でも持っていると自負しているならどうして、って話だよな。そう思うよな。簡単に、イヤになった、で済ましちまったら、説得力がないよな。

「結婚していたんだ。バツイチなんだよ俺は」

二人して頷いた。

「バブルの頃の、あの頃の俺たちの仕事ぶりをさ、時代の空気を理解してもらうのは、まだ若い二方くんには無理だろうけど、大将には少しはわかるよな」

「わかりますね」

「仕事することが、仕事をしていることが自分の暮らしだったんだ。楽しくてしょうがなかった。金も入ってきた。家族にいい暮らしをさせてやっていた。それで充分だと思っていたしそれが幸せってもんだろうってな」

男は、仕事のできる男はそういうもんだって。

「自分の家族を、妻を、子供を、家族の毎日を大切にしようなんて考えたこともなかったよ。自分が満足していれば、家族も満足だろうってさ」

とんでもない間違いだった。

「何か、あったんですか。ご家族に」

大将が、渋い顔をして訊いてくる。

頷く。

「息子がさ、自殺未遂を起こした」

二人が顔を顰《しか》めた。

「あの頃はまだそんな言葉も広まってはいなかったけど、イジメだったよ」

俺は何にもわかっていなかった。そもそも、イジメなんてものがあるのさえ理解していなかった。

「息子が、ただ精神的に弱い男だとしか思えなかった。何もできなかった。そんな俺に愛《あい》想《そ》を尽かして二人は俺を見捨てて出ていっちまったよ。妻の実家のある北海道にさ。俺にできたのは、二人が暮らしていける金を渡すことだけだった」

何もかも、整理した。

一人になった。それで、自分がどういう人間だったのか。どういう男だったのか、ようやくわかった。

自分一人の人生しか引き受けることのできない男なんだってことがさ。

「だから、大好きだった運転を、自分一人が楽しんでそれが誰かのためになる運搬っていう商売を選んだ」

それしかできない。そしてそれで、良かった。

「ただ、その代わりにさ」

自分が引き受ける必要のない、どこかの誰かさんが、たくさんの誰かさんが楽しむことを、楽しめることを見つけるのは、今も得意なのさ。

「絶対に、間違えないぜ。保証する」

1st
season

篠塚洋人

三十八歳　株式会社ニッタ　機器オペレーター

現場の田んぼでの試験飛行と、試験散布。

この思いっきりレッドなツナギは、俺《おれ》には似合わないよなぁといつも思うんだ。

まぁ、かと言ってトラクターの方のスカイブルーのツナギも似合わないと思っていたんだけど。

「派手な色ってダメなんだよな」

「そんなことないですよ？」

久田《ひさだ》さんが言う。

「きっと篠塚《しのづか》さんが自分で見慣れていないだけで、よく似合っていますよ。真《ま》っ赤《か》なツナギ」

「そうかなぁ」

「普段も赤を着ればいいと思います」

俺の真横に立ってニッコリ笑う。久田さんは真っ赤なツナギが良く似合う。若いからねえ。顔立ちも瞳《ひとみ》が大きくて派手めな人だし。

「赤って、赤いシャツとか？」

そんなシャツ着ている奴《やつ》は芸能人か夜の商売の人ぐらいだろう。

「そうですねー」

田んぼの方を眺《なが》めながら、ちょっと微笑《ほほえ》みながら考えている。

「さすがに真っ赤なシャツとかを着られたら引きますから、たとえば赤を基調にした靴下とか、キャップとか、ワンポイントで赤を使っている服なんかを買うといいですよ」

「ワンポイント」

それはいったいどういうものなのかわからない。ワンポイントで赤を使っている服ってなんだ。襟が赤とかか。

「普段、服とかどこで買うんですか？」

「服かぁ」

正直、服なんかほとんど買ったことがない。

「近くのユニクロとかかな。基本スーツとツナギがあればそれで済んじゃうからさ」

夏はTシャツとジーンズでいいし、冬は長袖《ながそで》にジーンズでいい。後はカーディガンとかセーターとかあればそれで済む。何だったら一年中ジャージでもいいんだけど、さすがに四十も近い独身男がジャージでコンビニ通っているのは。

「何かの拍子《ひょうし》に不審者に思われ兼ねないなと思ってさ」

最近はきちんと、それこそ〈服〉を着て外に出るようにしている。もちろん、オシャレしてデートなんてことは、ない。

話の流れでそんな悲しいぼやきを言わないように話題を変えた。いや、ツナギが似合わないって話をしたのは自分からなんだけど。

「ドローンを赤にしたのは正解だよな」

田んぼの上で、赤は良く目立つ。

農業用ドローンは本当に画期的《かっきてき》な発明になったと思う。まぁ発明ってのは言い過ぎだけど、マジで農薬の散布《さんぷ》が楽になったんだ。今までラジコン動噴でホースを引っ張って疲労困憊《こんぱい》しながら作業していたものが、まったくいらなくなった。

ドローンとオペレーターとナビゲーターだけでいいんだからな。ドローンを動かすオペレーターの習熟度が問題になってくるけれど、それもたぶん近い将来は全部ＡＩがやってくれるようになるはず。

そこまで来てるんだ農業だって。

「〈機械屋〉って、よくおじさんたちは言うじゃん」

「言いますね」

　俺たちは〈機械屋〉なんだって。

　ジャッキ積んでスパナ持って農家を回って自分の納めた農機の壊れたところを直してそれをフィードバックして〈技術屋〉の連中にもっといいものを開発してもらって、そして〈営業〉に売ってもらう。

　それがつまり日本の農業を発展させることにも繋《つな》がっていく。農業は、人間の生きる根《こん》源《げん》の部分だ。つまり俺たち農業機械メーカーは人間の、ひいては国の基幹を支える商売をやっているんだって。

「そこは否定しないけれど、いつまでもその視点はどうかってさ」

どれだけ機械化が進んでそれで収益が上がるようになったとしても、台風や災害で田んぼや畑がやられたら終わりだ。そこからまた立ち上がって行くのは結局のところ人の力でしかない。物理的な力だけじゃなくて、その人の心の部分を含めて。

「その人が農業辞《や》めちゃうってことは、俺たちは顧客《こきゃく》を失うってことじゃないか」

「そうですね」

「だから、農業機械メーカーは、そういう人の心の部分も含めて力を引き出し受け継いでいくスタンスへ舵《かじ》を切らなきゃダメな時代になっているんだよな」

　このドローンだってそうだ。農薬散布がめちゃくちゃ楽になってピンポイントで農薬を撒《ま》いて収益を上げられるようになったとしても。

「そのピンポイントでどこに撒くのかを判断するのは、人間の経験と技なんだ」

　ＡＩに判断させるのも、それをバージョンアップさせていくのも、結局は培《つちか》われてきた人間の経験だ。ＡＩは、何十年経《た》ったってその手で稲を育てることはできない。

「手はないですからね」

「その通り」

　心と、手だ。農業にはその二つがどんな時代になろうと必要なんだ。

「だから、俺たちは機械だけ作ってりゃいいっていう〈機械屋〉だって気持ちは捨てなきゃダメなんだよ。〈機械屋〉じゃないんだ」

「じゃあ、何屋さんでしょうか」

　何か期待を込めた眼《め》で久田さんが俺を見た。

「ゴメン。そこで上手《うま》いこと言おうとずっと考えているんだけど、俺にはキャッチコピーを考えるような才能はないんだ」

　う、とか、あ、とか、声にならない声を出して久田さんがちょっとガッカリしてしまった。

「でも、その通りだと思います」

言いながら指を動かすと、浮かんでいたドローンがこっちへ戻ってくる。元々安定性に優《すぐ》れたBH2型だけど、久田さんがオペレートするとさらに安定度が抜群《ばつぐん》になる。この子はマジで才能あるよねドローン運転の。

それこそ、ただグリグリ動かしているだけじゃダメなんだ。コントローラーがどういう作りでどんな性能があってどういうふうにできあがっているかをきちんと把握《はあく》した上で、コントローラーと本体っていう機械を読み取らないとこんなふうには動かせない。 しかも風向《かざむき》と風力《ふうりょく》さらには無線の電波状況まで読み取らなきゃならない。さらにその動きをフィードバックしてさらによいマシンが出来上がっていく。

天才だと思うよこの子は。きっとこの会社に入らなくても、違う分野でも活躍できる人なんじゃないかって思っている。

「私たちのような若手が変えていかなきゃならないんですよね」

そういうことだよ。残念ながら三十八歳のおっさんを若手とは誰《だれ》も呼んでくれないんだけど、君はまだ二十六歳だ。充分《じゅうぶん》若手だ。しかも、男社会である農機メーカーの中では数少ない女性のホープだ。

皆が期待しているんだよ。

「〈国道食堂〉ですか？」

助手席で久田さんが少し声を大きくした。

「そう。〈国道食堂〉」

これから昼ご飯を食べに行く店だ。

「変わった名前ですね」

「正式には〈ルート517〉らしいんだ。国道五一七号線にあるから。でも皆が〈国道食堂〉って呼ぶのでめんどくさくなってそうしたらしいよ」

この辺じゃあ数少ない食事を摂《と》れるところだ。

「覚えておくといいよ」

「美味《おい》しいものがあるんですか」

「何でも美味しい」

本当に、何でも旨《うま》いんだ。

「ただ、女性にはちょっとボリュームがあり過ぎるから、少し減らしてって言えばそうしてくれるよ」

「大丈夫です」

久田さんは大きく頷《うなず》いた。

「私。けっこう大食いなんです」

「あ、そうだっけ」

久田さんが一緒に働くようになってからもう半年が経つんだけど、こうやって外に出て食事をするのは初めてだ。ずっと試験農場で、ドローンの運用開発ばっかりやってきたからな。

「そこには、リングがあるんだよ」

「リング？」

そう、って言おうとした瞬間に久田さんがパン！　って手を打った。何事かと思わず横目で見ちゃったよ。

「リングって！」

「え？」

「ひょっとしてその〈国道食堂〉のオーナーさんって本橋十一《もとはしじゅういち》ですか！　引退したプロレスラーの！　〈マッド・クッカー〉の！」

ものすごい食いつきで、勢い良くこっちを向いて言うものだから、ハンドルを握る腕を引っ張られるんじゃないかって思ったぐらい。

「そうだけど、え、何で知ってるの？」

久田さんが、何だか、じたばたしている。手足を思いっきり振り回して喜びを表現したいようなんだけど、シートの上でしかも上司の前で、昼飯に向かっているとはいえ勤務時間中にそうも行かずに悶《もだ》えている感じが、すっごい伝わってきた。

ひょっとして、久田さん。

「プロレス好き？」

「はい！」

そうだったのか。

「ほら、見えてきた」

本当に国道沿いにある、まるで昔の学校みたいな造りの建物。

〈国道食堂〉は結構混《こ》んでいた。それなりに席数はあるからわりとのんびり食べられることが多いんだけど。

「今日は混んでるな」

いつもホールをやってるおじいさんの他に見たことないおばさんもホールにいるし、

厨房《ちゅうぼう》も人数も多いみたいだ。

「ほら」

ちょっと顔を動かして厨房の中を示した。ガタイのいい、どうみても料理人とは思えない中年の男性。

本橋十一さん。

久田さんの顔が本当に驚きと喜びに満ちている。本当に嬉《うれ》しそうだ。元々眼が大きくて愛嬌《あいきょう》のある顔立ちなんだけど、一層何ていうか、可愛《かわい》らしく感じる。

「いらっしゃーい」

おじいちゃんが俺を見て頷いた。顔を知ってる常連さんには軽く手を上げるんだよねおじいさん。半年ぶりだけど。

「向こうで良かったら空いてるよー」

リングの方を示した。店の奥にあるから、普段はその周《まわ》りにあるテーブルに座ることはないんだけど。

「いい？」

「いいです！」

そうだよな。プロレスファンなんだもんな。文字通りのリングサイドでご飯を食べるなんて経験は滅多《めった》にできないから嬉しいよな。

本当にリング！　って久田さんは呟《つぶや》いた。テーブルについて、分厚いメニューを開く。ここは本当に何でもあるんだ。最初は何を食べたらいいか迷ってしまうぐらいに。

「最初はこの〈唐揚げチャーハン〉にするといいよ。これは本当に病《や》みつきになるから」

「いいですね！　唐揚げとチャーハンを一緒に食べられるなんて夢みたいなメニューじゃないですか！」

笑った。

「肉好き？」

「大好きです！」

「じゃあ。俺は〈わらじトンカツ〉にするからさ。これも旨いんだ。よかったらシェアして食べられるから」

「嬉しいです！」

本当に嬉しそうだ。おじいさんが注文を取りに来て、伝えた。またお客さんが入ってきている。本当に今日は忙しそうだ。

「食べること、好きなんだね」

「大好きです！」

そういう女の子だったんだな。全然知らなかった。ずっと彼女はお弁当だったよな。

「篠塚さんもプロレス好きだったんですか!?」

「いや」

ごめん。まぁ一応男なんで格闘技にまるで興味ないってこともないんだけれど。

「全然知らなかったよ」

ここの店主の本橋さんが元プロレスラーだったなんて、店の常連になってから聞いて知っただけ。

「地域担当になって営業廻《まわ》りしているときに見つけたお店っていうだけなんだ」

「そうなんですか」

いやでも。

「本橋さんが引退したのはもう十年以上前だって聞いたけど、活躍していた頃《ころ》を知ってるの？」

「はい！」

本当にものすごく嬉しそうに久田さんは話す。お父さんが実は若い頃に格闘技をやっていたそうだ。プロレスラーになろうと思っていたこともあったんだって。

「結局は体育教師になったんですけど」

「体育教師」

　それはまぁ、何となく納得だ。

「じゃあ、お父さんの影響で？」

　はい、って頷いた。

「小さい頃からお父さんと一緒にテレビを観たり、実際に観にいったこともよくありました！」

　そうなのか。格闘技ファンの女の子ってひょっとしたら初めてだったかも。

「じゃあ、あれなのかな。本橋さんが食堂やってるってことは知っていたの？」

「父が以前に話していたんです。引退して今は食堂やっているって。そこにはリングがあるそうなんだって。でも詳《くわ》しいことはネットで調べても全然わからなかったんですけど、まさかここにあるなんて！」

　そうらしい。俺も本橋さんが元プロレスラーってことを知ってからググってみたことあったけど、ここのことはほとんどネットに上がっていなかった。

「俺は見たことないけど、ここのリングで素人《しろうと》プロレスが興行したり、ライブなんかをやるらしいよ。あぁほらあそこにチラシが貼《は》ってある」

　今度やるらしいイベントのチラシだ。

「一人芝居ですか」

「そうみたいだな」

芝居をやるってのは初めて聞いたけどそんなのもできるのか。久田さんが俺を見た。

「結婚式でお借りするってことは、できるんでしょうか？」

けっ、て言ってしまった。

「結婚式？」

「はい！」

「リングの上で？」

ニコニコしながら久田さんが大きく頷いた。

「リングの上で、です」

「なんでまた」

「父が言っていたんです。お前が、私ですけど、結婚するときにそんなことができたらおもしろいなって」

そりゃまぁ確かにおもしろいけれども。

「お父さん、本当に格闘技が好きなんだね」

こくん、って頷いた。

「小さい頃《ころ》、いつも私と布団《ふとん》の上で遊んでくれたんです」

「プロレスごっこ」

「そうです。私は父に持ち上げられたり、投げられて布団の上に転がされたりして、そうやって父に遊んでもらえるのが嬉しくて」

久田さんが、言葉を切って、水を飲んだ。

「実は、うちは父子家庭で」

あ、そうだったのか。そんな話をするのも初めてだ。

「えーと」

どう言おうか迷っていると、久田さんが少し笑って軽く手を振った。

「全然、もう昔のことなんでお気遣いなく。母は私がまだ五歳の頃、交通事故で死んでしまったんです」

交通事故。

たまにそういう話を聞かされると、本当にどんな顔をすればいいのか困る。俺は、まぁ人生それなりにいろいろあるにしても、少なくともまだ両親が健在で大きな悲劇もなくぬくぬくと育ってしまった一人息子なので。

「じゃあ、今もお父さんとは仲が良いんだ」

「そうですね。仲良しです。毎日ＬＩＮＥとかですけど、何かしら会話してます」

「じゃあ、もしもここが借りられんなら、リングで結婚式をやっても？」

「いいですね。もしも相手の人が納得してくれるんなら、ですけど」

そりゃそうだ。

「はーい、おまちどおさまー」

☆

「あ、そうだ」

食べ終わると同時に思い出したように久田さんが言った。

「美味しくてすっかり忘れてました。父にここのことを今教えてもいいですか？　ＬＩＮＥで」

「どうぞどうぞ。あぁ、先生ならちょうど昼休みか」

「そうなんです」

久田さんがニコニコしながらスマホでＬＩＮＥするのを見ていた。

仲良しの父と娘か。

お父さんはきっと久田さんのことを本当に大切に大事に育ててきたんだろう。そして、久田さん。名前は亜由《あゆ》だったな。亜由ちゃんもお父さんの愛情を受けて、素直なちゃんとした女性に育ったんだ。

久田さんの普段の仕事ぶりを考えるとそれはよくわかる。プライベートではまったく付き合いはなかったけど、なんたってもう半年以上もほとんど二人で組んで仕事をしてきたんだ。機械を動かすことに関して天才であることは抜きにして、普段の書類仕事でも片づけものでも、きちんと、ちゃんとした仕事ができる子なんだ。人当たりも良いし気遣いもできる。

本当にいい子だ。そしてしっかりした女性だ。

それは上司である俺が保証する。

(リングで結婚式か)

カレシがいるのかどうかは知らないけど、それはよっぽどの格闘技ファンじゃなきゃ難しいだろうな。ましてやこんな田舎《いなか》の、さびれたような場所の食堂で結婚式を挙げるなんてかなりハードルが高い。

少し笑ってしまった。もしも上司としてそんな結婚式に出られたら楽しいし嬉しいだろうけどな。

「あの」

「うん？」

ちょっと思いにふけっていたら、久田さんがスマホから顔を上げて俺を見ていた。

「お父さんから、ＬＩＮＥが返ってきているんですけど」

「うん」

「本橋さんとぜひ話がしたいって」

「あぁ」

なるほど、って頷いてしまった。まぁ、ファンなんだろうからな。そういう気持ちになるのはわかる。

「お父さん、東京なんだよね」

「そうです」

ちょっと離れてはいるけれど、教師だったらきちんと休日は取れるだろう。そしてお休みの日に娘のいる神奈川の小田原までやってきて、一緒にご飯を食べに来ることぐらいはできるだろう。

本橋さんは気さくな人だ。たまにファンがやってきてもちゃんと笑顔で対応して歓迎しているのを見たことがある。

「ここに案内してあげたらいいんじゃないかな?」

「あ、でも、車が」

「車?」

「うちの父、免許がないんです」

「あ、そうなのか」

そうか。先生は普通免許がなくてもなれるか。まぁ、そういう人もいるか。

「久田さんも、車は持ってないよね」

ないんです、って頷いた。

ここに来るのには車がないとツライな。バスで近くまで来られないこともないはずだけど、どっちみち相当な距離を歩くことになる。

「じゃあ、あれだよ。お父さんがここに来られるときには、俺が車を出してあげるよ」

「いいんですか?!」

「いいよ」

休日に後輩のために車を出すことぐらいなんてことはない。上司として有能な部下のお父上に挨拶《あいさつ》して、歓待《かんたい》するのだって必要なことだろう。

「でもですね」

久田さんがスマホのＬＩＮＥを見ながら少し顔を顰《しか》める。

「どうした」

「父が、ちょっとおかしなことを言ってるんですけど、ちょっと電話して確認していいですか」

「どうぞどうぞ」

立ち上がって、リングの方へ向かった。向こうには人がいないから電話で話していても大丈夫だろう。

「お父さん？」

スマホを耳に当てて会話しているのが、小さく聞こえてくる。

「うん。どういうこと？」

結構真剣な声音《こわね》だ。

おかしなことを言ってるって、何なのか。

「うん。え、それは」

こっちを見た。その顔にものすごく困惑《こんわく》の表情が浮かんでいるので、ちょっとだけ驚いて、つられて顔を顰めてしまった。

「ちょっと待ってて」

スマホを耳から外《はず》してテーブルに戻ってくる。

「篠塚さん」

「うん」

「篠塚さんは、本橋さんとは込み入った話ができるぐらい、親しいんでしょうか」

「込み入った」

それはどんな話なんだって思ったけど、考えた。

本橋さんとは閉店後の店内で酒を飲んで、そのままここに泊まったことがある。ここの二階は簡易宿泊所になっていて、そしてお風呂《ふろ》はあまり知られていないけど温泉なんだ。それを試《ため》してみたくて泊まったんだけど。

込み入った話か。

「もちろん内容にもよるけれどね」

「はい」

「二度ほど酒を飲みながら、長話をしたことはあるんだよ。だから、それなりに親しく話はできるけど、って言ってみて」

「はい」

久田さんがまた少しテーブルから離れる。

「一緒にお酒を飲んだことがあるって。それなりに親しく話はできるけどって」

それから、うん、うん、って何度か頷いている。

「わかった。訊《き》いてみる。また電話するから」

電話を切った。

「すみませんでした。もうそろそろ時間ですよね」

時計を見た。そうだった。もうお昼は終わりだ。すぐに会社に戻らないと、どこで油を売っていたんだって怒られる。

「車の中で話しますけど」

何となくわかった。

細《こま》かい話は後でするけど、本橋さんに顔つなぎだけはしておきたいってことだろう。まあそれは抜きにしても紹介するつもりだった。

なんたってファンなんだろうから。

「ちょっとだけ本橋さんに挨拶していくか」

訊いたら、頷いたのでレジに行く前に厨房の前に立った。中で作業をしている本橋さんが気づいてくれた。

「よぉ、篠塚ちゃん来てたのか」

　手をエプロンで拭《ふ》きながら、本橋さんが歩いてくる。

「久しぶりだな」

「どうも！」

「本橋さん、この子、久田っていうんですけど後輩の子なんですよ。今一緒に仕事してて、プロレスファンなんですって」

「おっ、そうかい！」

「こんにちは！」

　久田さんが嬉しそうに笑う。

「どうもね。嬉しいねぇ若いのに」

　本橋さんも笑いながら俺を見た。

「しばらく来なかったけど、また現場復帰かい」

「そうなんです。またちょくちょく顔を出しますから」

　おう、よろしくなって本橋さんは言う。店はまだ混んでいる。厨房は戦争みたいだ。これ以上は迷惑だろうから、じゃあ、って軽く手を上げた。

「今度時間の空《あ》いているときにゆっくり、この久田も交《まじ》えてお話しさせてください。とにかくプロレス大好きみたいなんで」

「いつでも歓迎だ」

ニッコリ笑った。

駐車場から車を出す。これから小田原まで急いで帰る。

「繁盛《はんじょう》しているんですね」

駐車場に車が入ってくるのを見て、久田さんが言う。

「夜は静かなもんだって、前に本橋さんが言っていたけどね」

「そうなんですか」

車を出す。

「それで？」

話は途中だった。久田さんのお父さんは、本橋さんにどんな込み入った話があるというのか。

「それがですね」

助手席で久田さんが戸惑っているのがわかった。

「本橋さんとお話ししたときって、いろいろ話したんですか？」

「話したね」

男二人で酒を飲みながらだから。

「ご婦人には聞かせられないような話も含めて」

「本橋さんの、お父さんの話は？」

あぁ、って思わず頷いた。

「その話？　込み入った話って」

「そうなんですけど」

「本橋さんのお父さんが殺された話だよね？　でもそれはよく知られた話だって言ってたよ」

本橋さんもネタのように話していた。

「フォークで刺されたって。いまどき、凶器攻撃でもフォークを使う奴はいないって」

一昔どころか、二昔も三昔も前の時代のプロレスの話みたいだって。

「それは私も知っていたんですけど、殺人犯は捕まっていませんよね」

「そうみたいだね」

「父は、その逃亡している男に会ったことがあるんだって。居場所もたぶんわかるって言ってきたんです」

「ええっ⁉」

それは。
込み入った話どころじゃないぞ久田さん。

1st
season

友田金一

七十五歳　〈国道食堂〉従業員

「おはようさん。金ちゃん」

「あぁ、おはようさーん」

「おはようございます金一《きんいち》さん」

「あぁ。おはようさーん」

「うおっす、金さん」

「あぁ、おはようさーん」

朝風呂《あさぶろ》の仲間、松・竹・梅がやってきて、湯船の中はじいさんが四人。

いちばん若い松っちゃんが六十八歳で、竹本《たけもと》がボクと同い年で、いちばん年寄りの梅沢《うめざわ》さんが八十だから一回り年齢差があるけど、この年になるとその年齢差もあんまりかわらないよね。七十も八十も周《まわ》りから見ればほぼ一緒のおじいちゃんだから。

「どうだったたい松っちゃん、こないだ検査したんだろ」

「どうこうはなかったね。結局のところ年を取ったってことかな」

「どこもかしこも緩《ゆる》んでくるんだよ。ネジがさ」

ここのお風呂に名前なんかないけど、皆は〈国道風呂〉って呼ぶよ。

それで、食堂で飯《めし》を食うついでってわけじゃないけど、いつも風呂に入りに来る近所の連中はいるんだよね。近所ったって、いちばん近くの集落の錦織《にしきおり》からでも、歩くと大人《おとな》の足でも四十分ぐらいは掛かるんだけど。

それでもね、それぐらいを歩くぐらいは、農家をやってた連中にはなんでもないんだ。むしろ、もう年取って畑仕事をたくさんやらなくなったから、かえっていい運動になるってもんだよ。

朝早く起きて、タオル肩に掛けてえっちらおっちら一時間弱歩いてここに来て、朝風呂に入って身体《からだ》の体温を上げて、一日動く元気を貰《もら》うって感じだね。松っちゃんなんか夜にもう一回入りに来るからね。

ボクもそうだよ。もう七十五になってどんどん身体の動きが悪くなってくる。それを、朝風呂で体温上げて血流良くして、仕事がスムーズにできるようにするんだよ。もうずっと、そうだなぁ、朝風呂に入るようになってもう二十年かな。それまでは一日の終わりに疲れを取ってゆっくり眠れるようにするために風呂に入っていたんだけど、今は夜の風呂はささっと仕事の汗を流すだけだね。さっぱりして眠れるようにするだけだ。

ここの風呂には二十四時間入れる。食堂を開《あ》けているときには、誰《だれ》か従業員にお金を払ってもらうけれど、誰もいないときには、つまりボクや十一《じゅういち》くんが寝ているときに来た人にはチャリン、と料金箱にお金を落としてもらう仕組みなんだ。

ズルしてる奴《やつ》はいないと思うよ。まぁたまーに金払わないで入って黙って帰るのもいるかもしれないけど、大した数じゃないとは思うよ。

このお風呂で儲《もう》けようなんて考えていないからね。二十四時間お湯はいつでも湧《わ》いているんだから、誰かに入ってもらう方がいいってもんだよ。

「金ちゃんよ」

「なんだーい」

梅沢さんはもう三回も死にかけているんだけどね。腹に手術の痕《あと》が二つもあるんだけど、その度《たび》に復活しているんだ。不死身の男なんじゃないかって言われているよね。

「今度、一人芝居があるじゃないか」

「あるねぇ。お客さんの二方《ふたかた》くんって若い子がやるんだぁ。よかったら観に来てよぉ」

お？　って顔を竹ちゃんがしたね。

「珍しいね、金ちゃんがそういうのに来てくれって言うなんてな」

「二方くんはね、十一くんの昔なじみなんだよ」

まだ十一くんがプロレスラーだった頃《ころ》に知り合った子なんだ。

「いい子なんだよ。子ったってもう三十過ぎだけどね」

「売れない役者とかかい」

「いいやぁ、サラリーマンだよ。ほら、置き薬の会社なんだ」

そこの置き薬の会社の名前を言うと皆知ってるよね。

「あ？　ひょっとしてあれか？」

梅沢さんが湯船から上がって縁に腰掛けた。

「二方って、あのシュッとしたいい男か？　薬持ってくる営業の」

「そうそう、シュッとしたいい男。梅沢さん、薬置いてるの？」

「置いてる置いてる。あそこのリンゴ酢は美味《おい》しいんだ。そいつもたぶん一ヶ月に一回うちに来てるぜ」

「あぁ、なら家にも来てるかな。ふたかた、って数字の二に方角の方って書くんじゃない？」

「そうそう、珍しい名字の子ね」

「あれは本当にいい男だよな。営業にはピッタリだって思ってたけど、そうか、役者もやってたのか」

たぶん彼は錦織の住宅は全部一度は回ってるよね。置き薬を置いている家だってそこそこあると思うから、一度は皆顔を見ているんじゃないかなぁ。

「チラシ、置いてあるからぁ。良かったら持ってって周りに配ってよ。きっと皆顔を一度は見ていると思うんだよね」

「いいね。あいつが芝居やるってんなら、おもしろいかもな」

二方くんは、本当にいい男なんだ。

顔はもちろんなんだけど、男として、人間としてさ。ボクなんかはほんの少ししか話したことなかったけど、それはよくわかるんだよね。

本当にちょっとしたことなんだよ。

彼はね、駐車場に車を停《と》めて店に入ってきたときにボクに言ったことがあるんだよ。ある車のタイヤの空気が減っているみたいだから、教えてあげた方がいいかもしれないってね。実際、本当に空気が減っていたんだ。あのまま走っていたらどこかで事故ったかもしれないよ。

店を閉めた後に彼はリングで一人芝居の練習をしているんだけど、掃除を全部するんだよ。そんなこと頼んでいないのに、雑巾《ぞうきん》掛《が》けまでするんだよね。タダで練習に使わせて貰っているんだから当然だって言うんだ。そういうのを本当に自然にやっちゃうんだ。それで、きっと二方くんならいいアドバイスをくれるかなって思って訊《き》いたんだよね。うちのメニュー、やたら多くてお客さんが見づらいなってずっと考えていたんだけど、何かいいアイデアないかなって。何せそういうの、十一くんもボクも疎《うと》いっていうか、センスっていうの？　そういうのないからさ。

そうしたらさ、一ページにたくさん書いてあるから見づらく感じるんだって。むしろ一ページに二つぐらいにして写真よりも絵で描いた方がいいってね。みさ子がちょっと描いていた絵がとっても雰囲気《ふんいき》がいいから、メニューをイラストにした方がずっと見やすくて頼みやすくなるってね。

実際やってみたらそうなったんだよ。それで売り上げが増えたかどうかはわからないけど、常連にも好評だったから、初めて来た人も随分《ずいぶん》わかりやすくなったと思うよ。みさ子もたくさん絵を描けて嬉《うれ》しそうだったしね。

そういう感覚を持っている人ってのはそうなんだよね。

「あぁ、いらっしゃい」

ちょうど厨房《ちゅうぼう》の電気を落としたときに、二方くんが店の中に入ってきたね。

「どうも、あれ？」

十一くんじゃないからちょっと首を捻《ひね》ったね。いつも最後に店を閉めるのは彼で、ボクがこの時間までお店にいるのは珍しいから。

「今日はね、十一くんちょっとお通夜《つや》でね」

「お通夜ですか」

同級生が亡くなったんだよね。急な話でびっくりしていたよ。

「そろそろ十一くんもそういう話が増える年頃だからねぇ」

「そうなんですね」

「いつものように、自由に練習していってって言ってたよ。きっと今夜は遅くなるんじゃないかな。ボクは部屋にいるからさ、何かあったら言ってね」

「ありがとうございます」

二方くんの一人芝居まで、あと二週間もないね。

普段は滅多《めった》にないんだけど、何だろうって店に降りていったのは、二方くんの声が聞こえたような気がしたからなんだ。

実はね、ボクや十一くんの部屋はリングの真上なんだ。だからリングのところで何か音がするとことえるんだよね。

二方くんが一人芝居の練習しているのもボクはずっと聞こえているんだけど、そもそも耳がもうちょっと遠いしね。そしてテレビも観ているから普段はまったく気にならないんだけど、練習とはちょっと違う「あれっ？」みたいな声が高く聞こえてきたんだ。

ひょっとして、と思っていたら、やっぱりだった。

「蛍光灯《けいこうとう》、切れた？」

「そうみたいです」

薄暗くなったリングの上で、二方くんが苦笑《にがわら》いしていたよ。

「前から何《なん》か怪《あや》しいなって思っていたんだよぉ。手伝ってくれるぅ」

「もちろんです」

リングの上の蛍光灯を取り換えるのは、大変なんだよね。高いところにあるからさ、脚立《きゃたつ》に昇らなきゃならないから年寄りには難しいんだ。

「ついでにそこのも取り換えようかなぁ。同じときに取り換えてるからそろそろ来るかも」

「あぁ、ちょっと色が変わってますよね」

「どうせなら新品の蛍光灯の下でやった方がいいよね。二方くんの劇もぉ」

換えちゃおう換えちゃおう。

誰かにやってもらえるときにやった方が、怪我《けが》の心配もしなくていい。ボクが一人であの高い脚立に昇って落ちても、誰にも気づいてもらえないかもしれないからね。

「もう終わったのかい練習」

訊いたら、二方くんはちょっと腕時計を見た。

「そうですね。もうこんな時間なので、終わりにします」

十一時過ぎたもんね。明日も仕事があるし。

「寝酒に一杯飲む？　ビールあるんだけど」

「え、ビールもあるんですか」

ないと思っていたでしょ。

「ボク専用に、冷蔵庫に置いてあるんだ」

まぁたまーに料理に使ったりすることもあるけどね。お客さんには絶対に出さないんだけど。

「今日は手伝ってもらったから、アルバイト代ってことでいいでしょ」

「ありがとうございます」

二人でリングの階段のところに腰掛けて、一杯ね。

「友田《ともだ》さんが」

「金一でいいよぉ」

「金一さんが、この店でいちばん長いって、十一さんが言ってました」

そうだねぇ。

「ボクがいちばん長くこの店で働いてるねぇ。みさ子とふさ子はボクのちょっと後からだから」

「元々、料理人だったんですか？」

「いいやぁ」

とんでもない。

違うんだよぉ。

☆

働き始めたのはねぇ、もう四十何年も前かなぁ。

十一くんはね、まだ小学生か、いや中学生になっていたかな。それぐらいだったはず。

いや、この店ができたときには、まだボクは働いてはいなかったよ。

開店当時は、重三《じゅうぞう》さんと繭子《まゆこ》さんで充分《じゅうぶん》な感じの店だったからね。

建物は変わっていないけど、食堂の広さは今よりもずっと狭かったんだよ。この三分の一ぐらいかな。その他は単なる倉庫になってた。あぁ、車庫にもなっていたね。温泉も出てはいたけど、お風呂はあんなに大きくなかったし、宿泊もできるようにはなっていなかったしね。

ボクやみさ子とふさ子が働くようになってから、少しずつ大きくなっていったんだよ。お店も、それからお風呂もね。

ボクはね、元々は自動車の整備なんかやっていたんだ。

そうそう、整備工とか板金工ね。今はいろいろ分業になってるけど、昔はもう全部何から何までやったからさ。ただの修理工なんて言ってたよね。車屋さんだよ。

だから機械関係には詳《くわ》しいの。

その辺のいろんな資格を取ったから、ボイラーの修理なんかもできるんだよ。厨房の機器なんかの修理もできるしね。これはねぇ、自分で言うのはなんだけど経営的には地味に助かるんだよ。故障やメンテナンスを業者に任せちゃうとやっぱり経費が掛かっちゃうからね。そういう意味では温泉も食堂もあるここにボクがいるのは、何ていうか、天職だったかもしれないねぇ。

もともとはね、ボクもここの客だったんだよ。

そうそう、ただのお客さん。十一くんのお父さんの、重三さんが店を始めた頃のね。

そうしてね、重三さんにいろいろ助けてもらったんだ。

うん。昔ね、この先に一キロぐらい行ったところにボクが働いていた整備工場があったんだよ。今はもう影も形もないけどね。野っ原になっちゃってるよ。その向かい側には鉄工所もあったしね。この辺って昔は意外と工場も多かったんだよ。あぁそう、鉄工場の名《な》残《ごり》みたいな大きな古い倉庫は残っているよね。その辺《あた》りのことも見込んで重三さんはお店を出したんだよね。

だから、今よりもずっと荒っぽいって言うか、そういう男たちの出入りは多かったね。だから本当に喧嘩《けんか》なんてのも、珍しくはなかったんだ。お酒を持ち込んでもよかったからね。よかったんだよ。夜はね。今みたいにランチなんてなかったんだよ。お客さんが入るのは大抵夜だった。だからお酒のつまみみたいなものもたくさん出していたよ。

そうそう、駐車場だってこんなに大きくなかった。ただの野っ原だった。燃料に使う薪《まき》とか石炭なんかも置いてあったからね。

うん？　あぁそうだった。

助けてもらったのね。重三さんに。

まぁ若気《わかげ》の至りみたいな感じでさ。簡単に言っちゃうと、いざこざを起こして仕事をクビになっちゃってやけになっていたところをね。重三さんが、それだったらここで働かないかってさ。

人を雇《やと》うほどの広さもなかったのにね。そう言ったらお前が人を呼び込んで店を広げてくれよってさ。

そうだね。ボクも器用な性質だったんだよ。

料理とか接客とかはすぐに覚えたね。それからずっとここで働かせてもらってさぁ。いい職場でよかったなぁってその頃から今もずっと思っているよ。

重三さんは頼りになったし、奥さんの繭子さんは優しかったし、今も働いているみさ子とふさ子もいい人だしね。そう、従業員はずっと変わっていないんだよ。他に働いた人はいないんだよ。

うん、結婚はしなかった。

ふさ子はしたけど離婚しちゃったね。みさ子は一度も結婚しなかったな。まぁその辺はいろいろあったんだけど、二人はご両親もとっくに死んじゃってね。でも、あの二人は楽しく暮らしているよ。子供もいないし親類もほとんどいないけれど、こうやってこの食堂でずっと働いてたくさんの常連さんと仲良くなってね。あれでも若い頃はけっこうモテたんだよ。お客さんにいろいろ声を掛けられたり、見合いなんかもしたけれどね。まぁやっぱり双子の結びつきが強かったんじゃないかなぁ。二人で暮らすのがいちばんだって今は言っているからね。

ボクね。

今だから言えるけれど、ゲイだったんだよ。

昔はそんなこと口に出して言えなかったけれどね。いい時代になったなぁって思うよ。そりゃあまだいろんな偏見《へんけん》はあるけれどもさ。男が好きなんだって言ってもそっちの人かぁで納得してくれるからねぇ。

あぁでもあれだよ。だからって一緒にお風呂に入るときに気にしなくていいからね。もうこの年になるとそっちの方も役立たずだし、そもそも性欲もなくなっちゃうからね。気にしないでいいよ。

うん、やっぱりか。

わかっちゃうよね。

二方くんって、勘《かん》が良いよね。初めてここに来て十一くんと話していたときからそう思っていたんだよ。わかるんだ。長いこと客商売しているとさ。そういうのをすぐに悟《さと》っちゃう人ってさ。そういう人はね、やっぱり何か才能を持っていることが多いよ。これは本当に。

ボクは、重三さんのことが好きだったよ。

これは、普通の人間としてもね。その恋愛感情は抜きにしても、本当にいい人で、いい男。

男が男に惚《ほ》れるって、言うじゃない？　俠気《おとこぎ》ってやつだよね。そういう人だったんだよ。ボクもね、自分のそういうのを、ゲイだっていうのをはっきりと理解したのは重三さんに出会って、重三さんと一緒に働き出してからなんだよ。

あぁやっぱりそうだったんだなって思った。

もちろん、叶《かな》わぬ恋ってやつだからね。

重三さんにも、もちろん繭子さんにも言わなかったよ。気づかれることもなかったと思うよ。単純に、重三さんの俠気に惚れて、一生懸命《いっしょうけんめい》、それこそ一生重三さんの下《もと》で働く男ってことでさ。

ずっと、働いてきた。

重三さんが死んじゃったときには本当にもうね、まいったけどね。でも、繭子さんの方がよっぽど辛《つら》かったんだし、繭子さんは重三さんの奥さんなんだ。あの人が愛した人を守って生きていくんだって決めたからねぇ。

そうだよぉ。繭子さんも亡くなってしまってからは、十一くんさ。十一くんは重三さんの息子なんだから。

あ、誤解しないでね。十一くんは確かに重三さんによく似ているけれどねぇ。恋愛感情みたいなものはないからね。

ボクにとっても、十一くんは息子みたいなものだよ。ボクより先に十一くんが死んじゃうことはないと思うから、ボクが死ぬまで十一くんと一緒にこの店を守っていくよ。

そうだねぇ、できれば十一くんの子供の顔を見たいけどね。子供じゃないにしても、十一くんの跡を継いでこの店を守ってくれる人が現れてくれればいいなぁって思うね。

それだけが、心残りっていうか、いやぁまだまだ死なないけどね。元気で働くけれどもね。どうにかなってくれないかなぁって思うね。

☆

「確か、お見合いの話があるって」

そうなんだよ。

「お見合いっていうかね。まぁ本人たちがよければそのまま結婚しちゃえばいいんじゃないかなぁって」

「まだ若い人だって」

若いんだよ。四十前だからね。

「加藤和美《かとうかずみ》さんって言ったかな」

「働いている人なんですか？」

そうだって言ってたね。

「保険の営業員をやっているそうだよ。だから車にはよく乗っていて、この辺も走ってお店にお昼ご飯を食べに来ることも何度もあったんだって」

十一くんがプロレスラーだったことは知らなかったそうだよ。

「いい子なんだよ。ボクもそんなに知ってるわけじゃないけど、感じのいい女性。バツイチらしいんだけど、そんなの十一くんは気にしないしね」

この店を次の世代にも引き継ぎたいって、随分気にするようになったからね。

「皆、そう思っているんだよ。お客さんがね。ありがたいことにボクが死んじまったらどうするんだとかね。いろいろ心配してくれてさ」

「そうですよね」

まだ若い常連さんも多いしね。

「重三さんもね。ずっと言っていたんだ。十一がこの店を継いでくれないかなぁってね。

結局そんな話をする前に死んじゃったけどね」

うん、って二方くんが頷《うなず》きながら、ちょっと下を向いて考えていた。

「金一さん」

「うん？」

「十一さんのお父さん、重三さんが殺されたときの話なんですけどね」

「うん」

「そのときは、金一さんは店にいたんですよね」

「いたねぇ。働いていたよ」

「じゃあ、その喧嘩の現場を見た」

「見たよ」

しっかりね。

本当に、しっかりとこの眼《め》で。

「今もさぁ、眼に焼き付いているよ」

重三さんはね、びっくりしていたよ。

「びっくり、ですか」

「そう。びっくり」

心臓を刺されたことなんか、もちろん経験したことないからわかんないけど、たぶん相当痛いと思うんだけど、そんな痛みを感じていないぐらいに、驚いた顔をしていたよ。

「まさか、フォークが胸にぶっすり刺さるなんてさぁ。思いも寄らなかったんだろうね」

「普通は、そうですよね」

「ましてやね、刺しちまった川島《かわしま》もね。あ、川島って犯人ね。聞いてる？」

「聞きました」

「あの男もね。まさか胸に突き刺さるなんて思わなかったんじゃないかなぁ。だってさぁ、そもそもがただの喧嘩でね。フォークを持ったけど、そんなもので人を殺そうなんて思わないだろう？」

「思わないですよね」

せいぜいがちょっと刺さったり傷つけたりするぐらいだよねフォークって。もっとも眼に刺さったりしたら本当に危ないけど。

「喧嘩って、そうだよね。手元にあったものをパッ！　って握っちゃってさ。ただそれだけだったんだよね。もしもそこにあったのが箸《はし》だったらきっと箸を握っていたんだよ川島もさ」

思い出すと、いつも溜息《ためいき》が出ちゃうよね。

「本当に、ただの喧嘩だったんだ」

ちょっとしたことで口喧嘩になって、売り言葉に買い言葉で頭に血が上って、喧嘩っ早いかもしれないけど、ごく普通の働く男の二人が摑《つか》み合っただけのことだったんだよ。

重三さんも、あの頃は喧嘩なんか毎日ってわけじゃないけど、けっこう頻繁《ひんぱん》にあったことだからさ。やれやれまたかよって感じで二人を止めに入ったんだよ。

ただそれだけだったんだ。

「運が悪かった、って言い方しちゃうと身も蓋《ふた》もないですけど」

二方くんは、ちょっと淋《さび》しそうに微笑《ほほえ》んだ。

そうだよね。君のお父さんが死んだのは心筋梗塞《しんきんこうそく》だったっけね。それも運が悪いって言っちゃったらそれまでだけどさ。

「重三さんも川島もさ、運が悪かったのかなって思っちゃったね。現場を見ていたボクとしてはさ」

きっとほんの一センチ、いや、五ミリ場所がズレていたら、フォークは肋骨《ろっこつ》にぶつかって重三さんはただの軽い怪我で済んだし、川島も頭を下げて謝《あやま》ってそれで終わっていたはず。

その後川島はお詫《わ》びに毎日のように〈国道食堂〉に通って飯を食っていたはず。

「毎日笑って顔を合わせて、良い関係でいられたと思うんだよねぇ」

「ご飯を食べて、働いて、日々を生きていく、ですね」

そうそう。

そうなっていても全然おかしくなかったんだ。

「まぁそこで逃げちまったのは、その後も逃げ続けているのは、そりゃあ許されることじゃあないけどね」

罪は罪なんだけどね。

「逃げちゃう気持ちはわかる。ボクもいざこざから逃げちまった男だからね」

人間なんて、そんな立派な人間なんてそうはいないって思うんだ。大抵の男は、きっと逃げちゃうよ。

「むしろ逃げ続けている方が凄《すご》いなんて思わないでもないけどね。大した精神力だなぁ、なんて話したこともある」

「誰とですか?」

「もちろん、十一くんとだよ」

そんな話は、彼としかできないよ。

「十一くんもね。その現場を見たわけじゃないし、そもそも川島のことを知らないから、たぶんピンと来ないんだよ。親が死んだのはそりゃあ悲しかっただろうけど、犯人の川島を憎む気持ちっていうのが、そんなに湧いてこなかったって、あの頃から言っていたね」

実際に出会ったらどうなるかはわからないけど。

「ブレーンバスターをかけるって言ってました」

笑っちゃったね。

「得意技だったよね十一くんの」

「生きてるんですかね。犯人の川島さん」

二方くんが窓の外を眺《なが》めながら言った。

彼になら、いいかな。言っちゃっても。

今まで誰にも言ったことはないんだよ。奥さん、繭子さんと十一ちゃん以外にはね。

「生きてると思うよ」

「え？」

眼を真ん丸くして、二方くんがボクを見た。

「どうしてそう思うんです」

「だって、たまに手紙が来るからねぇ」

「手紙!?」

びっくりしてるね。するよねそりゃあ。

「手紙が届くって、川島さんからですか!?」

「確かめたわけじゃないし、その手紙に名前が書いてあるわけじゃないよぉ」

「じゃ、どうして」

「名無しの権兵衛《ごんべえ》さんからの手紙がときどき届くんだよ。〈国道食堂〉宛《あて》にね。どこにでも売ってるような普通の事務用封筒に、十万とか二十万の現金が入っている手紙がさ」

「現金、ですか」

「そう、現金。書留なんかじゃなくて普通郵便で、ピン札なんかじゃなくて普通のお札でさ」

一万円札じゃなくてしわくちゃの千円札が二十枚も入っていることだってあったかな。

また一万円札がピン札で入って来たときなんか、思わずこっちもちょっとホッとしちゃったりね。

「いい稼《かせ》ぎができているのかなぁ、なんてね」

消印は、あちこちからなんだ。

「京都だったり東京だったり北海道だったり。とにかく日本全国あちこちから届くんだ。一ヶ月置きに届いたり、一年も二年も間が空《あ》いたり、定期的ってわけじゃなくて届くんだ。筆跡はね、全部同じなんだ。だから、間違いなく川島からだとボクは思っているんだ」

「三十年、でしたっけ。重三さんが死んでから」

「それぐらいになるね」

「その間、ずっと、ですか」

「ずっとだね。何通になったのか数えていないけれど、百通ぐらいにはなっているのかなぁ」

「じゃあ、金額も」

うん、ってゆっくり頷いた。

「けっこうな金額になっているよぉ。一千万はあるかなぁ」

二方くんがちょっと眼を大きくしたけど、そうなるよね。

「そのお金はねぇ、ずっと取ってある。ボクがねぇ管理っていうか、貯金してあるよ銀行に。十一くんの名義でね」

「どうして金一さんが」

「だってぇ、ここに届く郵便物をいちばん先に見るのは昔っからボクだからねぇ」

それもボクの仕事だったからね。

「最初に来た手紙に気づいて、奥さんの繭子さんに言ったんだ。これはたぶん川島からですよって」

それ以外には考えられなかったからね。

「繭子さん、お母《かあ》さんはどうしたんですか」

「おかみさんはね、しばらく考えていたなぁ」

考えて考えて、一週間ぐらい経《た》ってからかなぁ。

「ボクに預けてきたんだ。このお金は銀行にでも入れておいてくれって。そして、もしも川島が戻ってきたら、返してくれって」

「返す」

そう、返す。返すっていうか。

「まぁ順番通りならおかみさんの方がボクより先に死んじゃうからね。実際そうだったけど、だからボクに託したんだ。川島が戻ってきたら、この金を川島と店のために使ってほしいって」

「川島のため」

うん。そうなんだ。

「おかみさんもよく知っていたんだよ。川島は確かに殺人っていうものすごく重い罪を犯したけど、悪い奴じゃないってことをさ」

何をして暮らしているのかわからないけど、逃亡犯の身でお金を稼いで送ってくるって、大変なことだってさ。

「だから、もしも、もしもここに川島が来たときのために、きちんと取っておいてくれってさ」

そう言ってたんだ。

だから、今もそうしているんだよ。

1st season

地崎裕

二十二歳　大学生

僕にとっては初めての、この年になってちょっと恥ずかしいけど、デートらしいデート。女の子と、二人きり。しかも、ドライブ。

そんな日に自分の用事のために目的地を決めるっていうのは、いやほとんどそのために時間を使うのはどうなんだって思うけど、思うけど、どうしようもない。

車で出かけることがあったら行ってみるよって約束して、そしてお持ち帰りできる食べものがあったら持ってくるからって佐々木《ささき》さんと約束しちゃったんだから。まさか車で出かける機会が本当にやってきて、そして佐々木さんに残された時間はたぶんものすごく少なくて、それで貴重なデートの日を使ってしまうことになるなんて思っていなかったんだからさ。

「ドライブだから」

「え？」

みのりさんがこっち向いて微笑《ほほえ》んでいるのがわかった。

チラッとでも助手席を見る余裕なんかない。なんたって、僕は文字通りのペーパードライバー。免許取って二年になるけれど、最後に車を運転したのは実技試験なんだから。

「ドライブっていうのは一緒に車に乗って移動することをいうんだから、これでドライブデートになっているって、思うんだけど」

だから、って続けた。

「すっごく楽しいから」

そうか。

みのりさんが楽しいなら、喜んでくれるなら本当に良かった。ありがとうって笑ったら、彼女も笑った。

「でも、無理しないでね。いつでも運転交代するからね」

「うん」

そんなつもりはまったくないんだけど、少なくともひとつ年上で免許も僕よりも先に取っていた大学の先輩のみのりさんの方が、僕よりも運転している回数は多い。でもたぶんどっちもどっちだと思うから、ハンドルを渡すつもりはない。

きっちり、自分で最後まで運転する。

それぐらいは、デートを申し込んだ男としては体面を保たなきゃ。

「でも、本当に急に、だったね」

「車でしょ」

「そう、びっくりしちゃった」

本当にだよ。

岐阜《ぎふ》にいる親父《おやじ》から電話があったのが二週間前。

滅多《めった》に電話なんかしてこないから、何かとんでもないことでも起こったのかってビビったんだけど、開口一番『車、買うか？』なんだから。そして本当に車を買うためだけに親父がやってきたんだから。

大学にはスクーターで通っていた。

寮から大学まではチャリでも急いで十分掛かって、そして大学からバイト先のある駅前まではチャリで三十分は掛かるんだ。しかも時間的にちょうどいいバスの本数が圧倒的に少ない。だから、バイクか車があればめっちゃ便利だったんだけど、そんな高いものを買うお金なんかもちろんなくて、一万五千円だった中古のスクーターを買って乗り回していたんだけど、不便は不便だった。

スクーターにはほとんど何にも積めない。せいぜいコンビニ行ってコンビニ袋をぶらさげて帰ってくるのが精一杯。服を買っても背中のリュックに入る分しか無理だしそもそも教科書とか入っているからそうそう入らない。

買い物はネットで買えばいいじゃん配達してもらえるんだからって言うけど、貧乏学生はネットで正規の値段でなんか買えなくて、かといってオークションとかめんどくさいしトラブったら二重でめんどくさい。結局実店舗の百円ショップとか中古ショップとかでいろんなものを買うのがいちばん安くて安心なんだ。

部屋のコタツも、寮からバイクで十五分掛かる中古ショップで買ったんだ。めっちゃ安くていいものだった。車を持ってる先輩に頼んで先輩のスケジュールに合わせて車に積んで持って帰ってきた。

だから、中古でいいから軽《けい》でいいから車がある暮らしがしたかった。もちろん学生の身分で車を持つっていうのは贅沢《ぜいたく》な話だっていうのはわかっていたけど。

「でも、優しいお父様ね」

お父様なんて上品なものじゃないけど。

「まぁ、ね」

親父だって高収入な仕事をしているわけじゃないのに、なんと宝くじで百万当たったから息子に中古の軽を買ってやるっていうのは、確かに優しい親かもしれない。

「ちょっと甘すぎるような気もするけど」

「でも就職が決まっていたんだから」

「うん」

そう。僕はもう理学療法士《りがくりょうほうし》としてこっちの病院に就職が内々定していた。だから車は就職祝いでもあったし、そのまま通勤にも使えるからっていうのもあったんだ。

それで僕の手元に中古の軽自動車がやってきた。

みのりさんとデートする日の前に。

佐々木さんとの約束を叶《かな》えられることになってしまったんだ。

「佐々木さん。良くなってくれるといいけれどね」

「うん」

頷《うなず》いて、思わず溜息《ためいき》が出てしまった。

もう僕のこともわからなくなってしまった佐々木さん。

☆

半年前に実習先で、リハビリの担当になったのが佐々木さんだった。

背が高くて細身のおじいさん。その頃《ころ》は全然しっかりしていて、リハビリにも意欲的だった。まだまだ頑張《がんば》って働いて稼《かせ》がなきゃならないって言っていた。

佐々木さんは、屋根職人だって教えてくれた。

大工さんなのかなって思ったけれど、もちろん大工ではあるんだけど屋根葺《ふ》きは専門の職人さんがやるものなんだって。

「きついぞ。家を建てる職人の中で、いちばん仕事がきついのが屋根職人なんだ。どうしてかわかるか？」

「えーと」

考えたけどわからなかった。

「簡単だろう。屋根を葺く材料を全部屋根まで持ってくんだぞ」

「あ」

なるほど。

「クレーンで上げるとかじゃないんですか」

「いやいやぁ個人の住宅造るのに、クレーンを用意してどうすんだよ。そのクレーン借りるのにだってオペレーターにだって金掛かるんだぞ。あんたら理学療法士っていう皆さんだって、一人より二人用意したら金は倍掛かるだろうよ」

「その通りですね」

そうだった。

「しかもよ、屋根には勾配《こうばい》ってもんがあるんだ。わかるか？　真《ま》っ平《たい》らじゃねぇだろ屋根は。斜めの足場でよ、重いもん持って作業するのは辛《つら》いだろう？　あんたも言ってたろう。アキレス腱《けん》を痛めちゃまずいって」

なるほどって頷いてしまった。

斜めになっている屋根の上で作業するんだから、それは足腰はもちろんアキレス腱、足首への負担はハンパないと思う。

「そうか、それで佐々木さんの筋肉の付き方の理由がわかりました」

最初に会ったときに筋肉の状態を確かめたんだけど、とても七十を過ぎたご老人の筋肉の付き方じゃなかった。

「筋肉のことはよくわかんねぇけどよ、屋根職人は皆足首太ぇぞ」

「そうなのかもしれませんね」

勾配のついた屋根でずっと踏ん張りながら作業するんだ。それは確かに足首回りが太くなってもおかしくはない。

「高所恐怖症の人間はできないですね」

「あったりまえだぁ。命綱なんかねぇからな」

「ないんですか？」

そりゃそうだ、って笑った。

「そんなもんつけていたら邪魔臭くて作業できねぇだろうが。高層ビルの現場じゃねぇんだよ。たかが個人宅の屋根葺きで命綱つけてたら時間が倍かかっちまうよ」

だから屋根から落ちて怪我《けが》したんじゃないですか、って言いそうになってしまったけど、確かにそうかも。

佐々木さんは、仕事中に屋根から落ちて腰と足の骨を折って入院していたんだ。そしてリハビリのためにここのセンターにやってきていた。

骨折はもう問題なかった。

腰はヒビで済んでいたし、足もきれいに折れていたので完全にくっついていた。だから、入院中にすっかり落ちてしまった足腰の筋肉を取り戻すために、寝た切りだった身体《からだ》を元の状態に戻すためのリハビリだったんだけど。

カルテによると、佐々木さんはもうそのときにはどうやら認知症《にんちしょう》を発症してしまっていたんだ。

そして、身寄りの人が誰《だれ》一人いなかった。

リハビリ中にはいろいろ話をした方がいいって習った。その人が今までどんな生活をしてきたか、どういう人なのかを知ることができれば、それはリハビリの方向性にも重要な示唆《しさ》を与えてくれるって。人間性ってものがわかれば、励《はげ》まし方ひとつにも違いが出てくる。

人の身体を元通りに戻していくリハビリは、ただ運動させていればいいってもんじゃないんだ。治《なお》すのは身体と同時に心もなんだ。気持ちの持ちようひとつで、リハビリの進行度は全然変わってしまう。文字通りの先生である、現役の医師が言っていた。病《やまい》は気からというのは本当なんだって。経験を積んだ医師であればあるほど、それを実感するんだって。その気になった人と、その気にならない人とでは本当にガラッと違ってしまうものなんだって。

だから、佐々木さんが気持ちよくいろいろ話をしてくれるときには、しっかり話を聞いた。身寄りがいないことはわかっていたからそのことには触《ふ》れないようにしていた。佐々木さんも家族のことや、自分の昔の話はまったくしなかった。

実習に入って三週間ぐらい経《た》ったときに、昔は神奈川《かながわ》県にいたんだって急に話し出したんだ。生まれもそこなんだって。そこで働いていたって。てっきりそこでも屋根職人だと思っていたんだけど、違うらしかった。何かは言わなかったけど、話してくれたのは、食堂の話だった。

その頃にはもう僕は、普段の佐々木さんとそうじゃない佐々木さんの区別ができるようになっていた。認知症の人が、ときどきスイッチが入ったように、認知症を発症する以前の状態に戻ることもわかっていた。

そのときの佐々木さんは、スイッチが入っていなかった。

「食堂って?」

神奈川県にいたってぼそっと言った後にそう続けたんだ。

食堂に通っていたって。

「食堂だ。レストランとかそんなんじゃなくてな。居酒屋じゃねぇけど、メシも食える酒も飲める大衆食堂だ。近かったから、毎日通っていた」

「美味《おい》しかったんですね」

あぁ、って嬉《うれ》しそうに笑った。

「もう一度な、あそこのメシが食いてぇなぁって、思うんだ」

そんなに美味しいのか。ボケちゃっている中でも思い出してしまうほどに。

「食べられますよ。リハビリ頑張って、もう少し回復したら自分のその足で」

そう言ったら、佐々木さんは淋《さび》しそうに微笑んで自分の足をこすった。

「行けねぇんだよなぁ」

「行けますよ」

「いや」

溜息をついた。

「行けねぇんだ。食べたいけどよ」

わからなかった。どうして行けないって思ってしまうのか。

「若い頃に行ってたんですか？」

「そうだな」

「今もあるんですか、その食堂」

佐々木さんの若い頃なんて何十年も前だ。ひょっとしたら、もうそのお店は閉店しちゃっているのかもしれない。

「ある」

ハッキリと言った。急に佐々木さんの瞳《ひとみ》に生気《せいき》が戻ったような感じがした。

「あるんだよ。〈国道食堂〉は」

〈国道食堂〉。

それが名前なのか？

☆

東京の東の端《はし》っこから神奈川県の小田原《おだわら》市の先まで車で二時間半か、三時間。そんなに長い間運転するのは、もちろん初めて。

ナビがついているから途中のルートは大丈夫なんだけど、問題は〈国道食堂〉の住所がわからないってことなんだ。ググってもその名前ではまったく出てこなかった。国道五一七号線沿いにあって、近くには綾瀬《あやせ》っていう町があることは佐々木さんの断片的《だんぺんてき》な話からはわかったんだけど。

「とにかく五一七号線を走れば大丈夫なのよね」

「たぶんそうだと思う」

地図で確認したら、五一七号線はそんなに長い国道じゃない。そして二車線の狭い道路で田舎《いなか》道なんだ。見逃すはずはない、と思う。

「あった！」

みのりさんが斜め前を指すと同時に大きな声を出して、僕もそのタイミングで看板を見つけた。

〈ルート517〉

そしてその下に。

〈国道食堂〉

「本当にあったんだ」

言いながらその看板を眺《なが》めていた。すぐに、店の様子も見えてきた。

「佐々木さんの言っていたまんまだ」

まるで昔の小学校みたいな木造の建物。大きな駐車場。ウインカーを出して、その駐車場の中に入っていった。

午後一時過ぎ。きっとランチタイムで忙しいんじゃないか。駐車場がけっこう埋まっている。いや、広いから軽自動車を停《と》めるスペースぐらいはたくさん残っているんだけど、大きなトラックがたくさん停まっている。下手《へた》なところに停めたら、出られないって怒られそうだ。

ちょうどお店を正面に見るところが空《あ》いたので、そこにゆっくり車を停めた。駐車するって本当に難しくて緊張する。

「流行《はや》っているっぽいね」

「そうだね」

混《こ》んでるんだろう。そういうときにちょっとお話があるんですがっていうのはムリっぽい。

「ゆっくりご飯を食べて、頃合いを計《はか》ってからにした方がいいわね」

「そうしよう」

車を出た。近づいて木製のドアを開けると、中はけっこう広かった。流行っているお店の空気が身体にぶつかってくる。

「いらっしゃーい」

白衣のコックコートを着たおじいさんだ。

「席空いてるところにどうぞー」

元気そうなおじいさん。ひょいひょいと動き回ってオーダーの食べ物を運んでいる。その動きがものすごくスムーズでどこもぎくしゃくしていない。

「ここにしようか」

「うん」

入り口の近く、厨房《ちゅうぼう》が見えるんだけど、そのすぐ近くの四人掛けのテーブルが空いていたのでそこにした。ここなら、食べ終わってから様子を見て食堂の人にすぐ話しかけられる。

「はーい、お水ね。決まったら呼んでねー」

おじいさんがお冷《ひや》を置いていってくれた。

「ねぇ、リングがあるね」

「うん」

気づいていた。店の奥にどうしてなのかはわからないけど、リングがあるんだ。プロレスやボクシングで使うリング。

「変わった店だね」

「入り口にチラシあったよね。ライブとか一人芝居とかあった」

「じゃあ、何かそういうイベントのステージ代わりなんだね」

たぶんそうなんだろう。そしてメニューの数がスゴイ。思いつくものなら何でもあるみたいな感じのメニューだ。

「僕は、この〈わらじトンカツ〉にしようかな」

「あ、じゃあ、私は〈唐揚げチャーハン〉。シェアしよう」

「うん」

食べている間に、厨房は静かになっていた。僕たちの後に新しいお客さんは二組しか入ってこなかったし、厨房にいるおばあちゃん二人と、ものすごく体格のいい男の人は、談《だん》笑《しょう》しながらいろいろ片づけたりしているけど、余裕がある。

「いいかもね」

みのりさんに言うと、頷いた。立ち上がって、きっと中にいるあの男の人が責任者だと思って声を掛けた。

「すみません」

「はいよ！」

いい声だ。張りがあってよく響《ひび》いて。ニカッ！　って感じで笑いながら男の人が歩いてきた。

「なんだいお客さん？　お代わりもできるぜ？」

「あ、いえ。実は、ここのメニューで持ち帰りできるものはないのかどうか、訊《き》きたかったんですけど」

「持ち帰り？」

まるでプロレスラーみたいな体格の男の人はちょっとだけ首を傾《かし》げた。

「今は弁当はやっていないんだよなぁ。駐車場で、車の中で食べるならそのまま持っていってもいいぜ？　食器を返してくれれば」

そうか、やっぱり持ち帰りのメニューはないか。

「実はですね。あ、今ちょっとお時間いいですか？」

「いいぜ」

「ここの責任者の方ですか？」

笑った。

「責任者って柄《がら》じゃないけどな。ここの店主の本橋十一《もとはしじゅういち》ってんだ。よろしくな」

カウンター越しに手を伸ばしてきたので思わず握手したけど、すっごい力強くて大きな手だった。

本当にこの人プロレスラーだったんじゃないだろうか。

説明した。僕はまだ大学生だけど、理学療法士、つまりリハビリとかそういうのをやる仕事に就《つ》くことになっていて、実習で担当した佐々木さんのことを。

佐々木さんは認知症になってしまって、自分のことも忘れてしまったけれど、ここの食堂のご飯を食べたいって言っていたこと。車で出かけられることがあったら、必ずここに来て料理を何か持ってくるって約束したこと。

その約束ももう忘れてしまっているかもしれないけれど、何とか願いを叶えてあげたいと思って、今日来たこと。

なるほど、って十一さんは頷いて、そしてちょっと首を捻《ひね》った。

「佐々木一郎《いちろう》さんだっけ？」

「そうです」

「名前に覚えはないなぁ。昔に来ていたって言ってたのか？」

「そうらしいです。若い頃って言ってました」

おじいちゃんの若い頃か、ってちょっと苦笑した。

「じゃあ、親父《おやじ》の頃のお客さんかもな。いくつぐらいのおじいちゃんなんだい」

「七十五歳です」

そうか、って頷いた。

「だったらやっぱり親父の時代のお客さんだな。俺《おれ》がここを引き継いでからは三十年ぐらいなんだよ」

「あぁ、そうですか」

そうかもしれない。三十年前なら佐々木さんは四十五歳。決して若い頃じゃない。若い頃ったら五十年とか六十年とか前だろうから。

十一さんは、うん、って嬉しそうに頷いた。

「とにかく、うちの味を覚えててくれたんだな。旨《うま》いってことを」

「そうなんです」

「涙が出るぐらいに嬉しいよ。その佐々木さんによろしく言ってくれ、っても、わかんないのか」

「わかんないと思います」

「持っていけるメニューか」

十一さんが、うーんって唸《うな》りながら考えた。

「東京だっけか」

「そうです」

「これからすぐに戻っても、二時間か三時間ぐらいは掛かるな」

それぐらいだ。

「親父の時代からある味の変わっていないメニューなら、なんだろな金《きん》さん」

金さんって呼ばれた、注文を運んでいたおじいちゃんに訊《き》いた。そうか、このおじいちゃんはひょっとしたらずっとこの食堂で働いている人なんだ。

「そうだねぇ、ギョーザかカレーだろうねぇ」

「だな」

よし、って十一さんが僕を見た。

「病気だって言ってたけど、カレーやギョーザみたいな刺激のあるものは食べられるのかな？」

「大丈夫です」

食事制限はされていない。

「カレーとギョーザなら、向こうに着いてから温《あたた》め直せばオッケーだろう。保冷剤入れた箱に入れて持っていきゃあ、二、三時間なら腐《くさ》ることもないだろ」

「そう思います！」

思わずみのりさんと顔を見合わせてしまった。

「ご飯は向こうで炊《た》きます！」

「おう、そうしてくれ。何ならコンビニのご飯でもいい。うちのカレーはどんなメシにだって合って旨い」

十一さんが言うと、金さんっておじいさんがひょい、って感じで手を上げた。

「何だ？　金さん」

「ボクが一緒に行こうかなぁ。いい？」

「一緒に？」

金さんが、頷いた。

「先代の頃のお客さんならぁ、ボクが顔を覚えているかもしれないよねぇ。その佐々木さんって人も、ずっとホールにいたボクの顔なら間違いなく覚えているよね。忘れちゃっていても、ボクが顔を見せれば急に思い出すかも。ボケも治っちゃうかもよ」

「あ」

治りはしないかもしれないけど、確かにそうだ。記憶に刺激を与えることはものすごく有効のはず。

十一さんも、なるほど、って頷いた。

「帰りはどうするんだい」

「子供じゃないんだからねぇ、電車で帰ってくるよぉ。賀毛《かげ》に着いたら電話するから十一くん車で迎えに来てよ」

壁に掛かっている丸い時計を見た。

「今からなら、帰りはちょうど閉店の頃になるでしょう。ちょうどいいよぉ」

「そうだな。俺が行くわけにもいかねぇし、行ったところでその佐々木さんのことは知らねぇだろうしな」

十一さんが僕たちを見た。

「どうだろ？　地崎《ちざき》くんだったか。これも何かの縁だ。このじいさん乗っけて、その佐々木さんって人に会わせることはできるかな」

「できますできます」

面会ってことにすれば何でもない。

「よし、じゃあちょっと待っててくれ。すぐにカレーとギョーザを用意するから」

金さんって呼ばれていたおじいさんは、友田金一《ともだきんいち》さんって名前だった。あの〈国道食堂〉でずっと働いている。そして、お店の先代っていうのは十一さんのお父さんのことで、十一さんはやっぱり元はプロレスラーだった。

リングがあるっていうのも納得だ。

金一さんは客商売が長いだけあって、話し好きでそして話し上手《じょうず》だった。東京へ帰る道すがら、ほとんどずっと話して、話しかけてくれて僕とみのりさんを笑わせてくれた。一年先輩のみのりさんに一目惚《ひとめぼ》れしてずっと片思いだったんだけど、ついこの間再会して交際を申し込んでオッケーをもらって、今日は初デートだってことまで話してしまった。

そして、センターについて、佐々木さんにカレーとギョーザを食べさせることができた。佐々木さんは、何もわかっていなかった。晩ご飯かって言いながらそれを食べて、美味しいって言っていた。

　でも、それだけだったんだ。

　一緒に行った金一さんを見ても、何の反応も示さなかった。ただ、こんにちは、って頭を下げただけだった。佐々木さんがお客さんだったかどうか訊いたら、金一さんが黙って眼《め》を閉じたので、察《さっ》した。違ったんだって。少なくともわからなかったんだなって。

　ひょっとしたらってものすごく期待していたんだけど。

「何か、すみませんでした」

　片付けをする間、駅まで送るって言ったのでロビーで待っててくれた金一さんに頭を下げた。

「君が謝《あやま》る必要はないよぉ。少なくとも美味しいって笑ってくれたからねぇ。それで充《じゅう》分《ぶん》だよぉ」

「はい」

　金一さんがにっこり微笑んだ。

「君は、真面目《まじめ》な子だねぇ。いい子だねぇ」

「え、いやそんな」

「だって、赤の他人のねぇ。言っちゃあ悪いがボクと同じで老《お》い先短い老人のためにねぇ。しかも口約束だけで、向こうが覚えているかもわかんないのにねぇ」

確かにそうだけど。

「約束は、大事です」

そういうものだ。必ず行ってくるからって約束したんだから。

「みのりちゃんもねぇ、地崎くんのそういうとこをわかってて、オッケーしたんじゃないかい？　この人はいい人だってねぇ」

みのりさんはちょっと驚いたような顔をして、でも、すぐに恥ずかしそうに小さく頷いたのがわかった。

すっごく嬉しいけど、めっちゃ恥ずかしい。

「案外、結婚は早いねぇ。あと二年の内にはしちゃうんじゃないのぉ二人は」

けっ。

びっくりして恥ずかしくて変な声を出してしまった。

「そんな」

「いやいやぁ、これでも人生経験豊富《ほうふ》なおじいちゃんだからねぇ。そういうのは何となくわかるんだぁ。もしも決まったらまた二人で〈国道食堂〉に来てよぉ。二人の初デートの場所なんだからぁ。お祝いにご馳走するからねぇ」

いやいやいや、って思いっきり否定するのも何なので、でも困ってしまってチラッとみのりさんを見たら、みのりさんは顔を真っ赤《まっか》にしていて、そしてそれを見て頷いてしまった。

「もしもそんなことになってしまったのなら、もちろん、行きます」

行きます、のところで、みのりさんも一緒に頷いてくれた。うんうん、って金一さんもニコニコして頷いている。

それから、金一さんは小さく息を吐《つ》いた。

「佐々木さんは、身寄りがないって言ってたねぇ」

「そうです」

「誰一人？」

少し。声に何か真剣さのようなものが混じっていたような気がした。

「はい、そう聞いています」

「それじゃあ、おっ死《ち》んでしまったら、無縁仏《むえんぼとけ》になっちゃうのかなぁ」

縁起でもない話だけど、でも、金一さんたちみたいなおじいさんには、死は本当に近いところにある現実的な話なんだってわかっている。

「たぶん、そうなるんだと思います」

僕にはどうしようもない現実だ。

「あのね、地崎くん」

「はい」

「君はこれからも、佐々木さんのことを気にかけていくよねぇ。折に触れて会いに来て様子を見るよね。早い話が、佐々木さんを看取《みと》るぐらいの気持ちはあるんだよねぇ？」

すぐに、頷いた。

「そのつもりです」

本当に赤の他人なんだけど。

「お願いがあるんだけどね」

「何でしょうか」

「会いに来たのなら、佐々木さんの様子をボクにだけ教えてくれるかなぁ。携帯のメール教えておくからさ」

金一さんが、僕をまっすぐに見つめた。

「わかりました」

どうしてかはわからないけど、すぐに頷いた。それぐらいは何でもないことだ。そう言うと、金一さんはありがとうね、って小さく微笑みながら言って、溜息をつきながら立ち上がった。

「人生いろいろだねぇ」

そう言って、僕とみのりさんの顔を見た。

「素敵な心根を持った君たちの人生に、幸多かれと祈るよぉ」

1st season

久田充朗

五十七歳

私立高校体育教師

どんな職業だろうと、そこにいるのは男と女だ。

しかし、身体《からだ》は男でも心は女性とか、その逆の場合とか、いろいろと今はある。LGBT、つまりレズビアン、ゲイ、バイセクシャル、トランスジェンダーなるセクシャルマイノリティ、性的少数者に関するものというのはいまやきちんと理解していなければならない、教育現場での、いや社会での常識だ。

だから、今はどんな職業だろうと、そこにいるのを男と女に単純に分けて考えるだけではいけない。いけないのだが、決して冗談でも口にはしないが、何度か思ったことはある。なんと複雑な時代になったものか、と。

私が教師になった頃《ころ》は、少なくとも表面的には男子と女子だけ相手にしていればよかった。私のような体育教師は、ほぼ男子だけ相手にしていればよかった。もちろんクラス担任になったり合同の体育などはあったから女子生徒のことだって考えることはあったが、少なくともどっちかを考えていればよかったのだが。今はそうではない。この中にLGBTの子はいないか。人知れず悩んではいないか、もしそうだったとしたらそれがイジメに繋《つな》がっていないか、もしくは自分の発言がその子を悩ませてはいないか、等々《などなど》。深く考えて配慮《はいりょ》しなくてはならない。

愚痴《ぐち》ではなく、時代の変化というものに自分は立ち会っているのだな、と、思う。考えてみればそういう、時代が変わる、という瞬間はあるのだ。五十七年も生きてきたからそういうものにも立ち会ってきた。

たとえば、アポロ十一号か。

人間が月に行くなんて凄過《すご》すぎると思った。もっともこれはきっと大人《おとな》になったら簡単に宇宙に行けるようになる、と期待させておいてそうはならなかったので、若干《じゃっかん》期待外《はず》れの部分はあったが。

あとは、ソ連の崩壊か。あれも相当にびっくりした。

私たちの世代はアメリカやヨーロッパへの憧《あこが》れが人一倍あった世代だ。そしてその国で作られるエンターテインメントの中でソ連は明快な〈敵役《かたきやく》〉の国であり、その存在感は半端なく大きかった。その国がなくなる、地図上から消えるなんていうことが本当にあるんだなと心底感心、と言っては旧ソ連の方々に申し訳ないがそう感じた。

それから、ベルリンの壁だ。

あれがなくなってドイツが統一されるなんて思いも寄らなかった。

体育教師なのにとたまに言われるのだが、私は読書好きの人間だ。特に海外文学が幼い頃から大好きだった。母にどうして文系の教師にならなかったのかといまだに言われるぐらいの本好きで、ヨーロッパを舞台にしたものに心惹《ひ》かれて若い頃からよく読んでいた。だから、ベルリンの壁というものは、何というか、ヨーロッパの歴史を象徴するかのようなものという意識があった。それが消えてしまったのだ。

そうなのだ。時代は、変わるのだ。

ある意味では、そういうものに立ち会える人生というのは恵まれたものなのかもしれない。だから、LGBTというものにしっかり向き合わなければならない教師という職業に就《つ》いていたのも、大げさだが僥倖《ぎょうこう》と思うようにしている。

一人娘がいる。

亜由《あゆ》だ。

そういう観点から話せば、亜由は多少女の子らしくない女の子だった。

小さな頃から男の子みたいに機械的なものが大好きだったのだ。自動車はもちろんで、働く車の絵本などは何冊もあった。家の中にあるAV機器にもすごく興味を持ち、壊れて捨てるつもりでいたビデオデッキを分解して、中にどんなものがあるのかを調べるぐらいの子だったのだ。

だからなのか、クリスマスにサンタさんへお願いする玩具《おもちゃ》は、基本男の子が遊ぶようなものだった。シルバニアファミリーよりも合体ロボの方を頼んでいたのだ。

女の子なんだから、女の子らしくしろ、などとは言わなかった。好きなら好きなようにさせればいいと思っていた。妻の季実子《きみこ》もコンピュータに精通する女性だったから、その血を引いたのだろうと話していた。

私は機械には疎《うと》かった。いやそれは言い過ぎか。疎くはない。普通だ。さして興味は持てなかったと言った方が正解か。亜由が興味を持った車にも、私は子供の頃からまったく興味がなかった。

運転免許も、持っていない。大人になったら取るものだというのが常識みたいになっていたから、大学生の頃に取ろうとしたこともあったのだが、そのときには既《すで》に同棲《どうせい》していた季実子が取得《しゅとく》してなおかつ自分の車を、親のお古なのだが、持っていた。

そうだ、亜由の機械好きは間違いなく季実子の血なのだろう。季実子も車が、運転が大好きで、私が免許を取っても一緒にいる限りは絶対に自分が運転するから、と、宣言もしていた。事実、私はいつも季実子の運転する車の助手席に乗っていた。大学を卒業して結婚してからも、亜由が生まれて家族でどこかへ行くときにも、常に季実子が車を運転していた。だから、免許がないと不便なんてことはまったくなかったのだ。

今は、車の免許などもう一生必要ないと思っている。

この年になって取りに行く必要性も感じないし、何よりも車に乗ること自体が、今も、人に気づかれないように一度深呼吸をしなければならないほどだ。深呼吸をして、大げさに言えば覚悟を決めてから乗らなければ、乗れない。

それでも、随分《ずいぶん》よくなったのだ。あの日から数年間はバスに乗らなきゃならないと思うだけで冷《ひ》や汗が出ていた。

妻の季実子は、車の事故で死んでしまった。

あれほど好きだった車の運転が原因で死んでしまうとは、どんな運命の皮肉なのかと思う。しかも、私も助手席に同乗していた。

そして私だけが、助かった。

亜由が乗っていなくてよかったと思うしかなかった。たまたま母が来ていて、亜由と一緒に家で留守番をしてくれてよかった、と、ただそう思うしかなかった。

眼《め》の前に大型トラックのヘッドライトが迫ってきた瞬間、助手席に座っていた私がしたことはただ自分の身を守るための条件反射だけだった。運転席にいた季実子に手さえ伸ばせなかった。どうしようもなかったのだとわかってはいても、今も夢に見ることはある。

あの光と、音と、衝撃と。そして流れていた赤い血を。

私は車外に投げ出されていた。シートベルトをしていたのにもかかわらず、だ。自分で出たのかどうかも覚えていない。きっと卓越《たくえつ》した運動神経がそうさせたのでは、と言う者もいたが、それは自分だけ助かろうとしたのではないかと、しばらくの間私を苦しめた。

実際、投げ出されたときには鍛《きた》えた身体が役に立ったであろうことは、明白《めいはく》だった。真正面からトラックに突っ込まれたのに、私にはかすり傷しかなかったのだから、無意識のうちに受け身や何かで身体を守ったのだろう。

だが、その思いや自責の念などに囚《とら》われ続けることにはならなかった。いや、なっている暇《ひま》などなかった。

亜由は、五歳で母を失ってしまったのだ。私がいつまでも悲しんでいたり鬱々《うつうつ》としたりして、亜由が心の傷や何かを抱《かか》えてしまっては、あの世で妻に合わせる顔をなくしてしまうからだ。

再婚を考えたことは何度かあったが、元気な私の両親がいてくれたお陰で、亜由は私の実家ですくすくと育ってくれた。亜由のために仕事を替える必要もなかった。毎日の食事の支度《したく》から、躾《しつけ》から、すべて私の母が、父が、亜由のためだけを思ってやってくれた。見守ってくれた。父も母ももう八十を超《こ》えたが本当に二人とも元気だ。亜由が結婚するまでは絶対に死ぬもんかと笑って言う。

亜由が、いっそのこと男の子だったらな、と、思ったことはある。

そんなことを思っても口に出してはいけないというのは、あたりまえのことだ。決して言わなかったが、男の子だったらプロレスごっこも、身体のことを気にしないで思いっきりできたのにな、と。

実は、格闘家になりたかった。

プロレスラーに、憧れた。

私の世代だから、最初に好きになったのはジャイアント馬場《ばば》やアントニオ猪木《いのき》たちだ。そういう意味で、私は機械ではなく血の通った肉体の方に興味があったということなのだろう。

だから、小学校の頃から柔道を習った。柔道場ではない。近くにあった会社の体育館で、畳《たたみ》を敷《し》いて柔道を教えている人がいたのだ。どういう仕組みだったのかは知らないが、ほぼ無料だったはずだ。

日曜日のプロレスの番組を心待ちにしていた。学校での休み時間にはクラスメイトとコブラツイストや四の字固めをかけ合った。体育の時間の柔道はほとんどプレロスごっこと化していた。

それなのに中学の部活で格闘技系をやらなかったのは、単にそういう部活がなかったからだ。何故《なぜ》か柔道部すらなかった。仕方なく入ったのがいちばん体力が付きそうなサッカー部だったのだが、それが妙《みょう》に自分にマッチしたのかフォワードでレギュラーになり点取り屋とまで言われるぐらいになってしまった。あそこの中学に凄《すご》いのがいるぞ、と評判になり高校からスカウトが来てしまい、調子に乗って高校もそこに入りサッカーに明け暮れた。もちろんまだJリーグなど影も形もない時代だったので、サッカー選手になろうなんて欠片《かけら》も思わなかった。

思えばそれが、プロレスラーではなく、体育教師を目指《めざ》した要因になってしまったのだろう。きっと中学校に柔道部か、あるいはレスリング部などがあったのなら間違いなく私は格闘家へ、プロレスの道へ進んだに違いない。

そうは言っても、体育教師になったことに後悔《こうかい》などない。子供たちと一緒になって汗をかいて時間を過ごすことが、楽しくないわけがない。

それでも、プロレス好きは変わらなかった。

亜由も、小学生の頃までは布団《ふとん》の上で放り投げられるのを大喜びし、大きくなってからも、テレビ観戦はおろかホールでの観戦まで一緒に来てくれていた。

そう、私のせいで亜由はプロレス好きの女性になってしまったのだ。

それはもちろん嬉《うれ》しかった。娘と共通の趣味を持てる父親など、この世に一握りしかいないのではないか。最高の喜びだったのだが、中高校生の女の子が日曜日に父親とプロレス観戦して、タオルを振り回して叫んでいるのは、本当にいいものだろうか、とも思っていた。しかしまぁ、アイドルに夢中になりコンサートに行ってペンライトを振り回すのも同じようなものかとも、考えていた。

亜由は、株式会社ニッタに就職した。農業機械などを製作し販売するメーカーだ。日本国内では一流企業と言っていいはずだ。いや国内どころか海外にだって拠点を置いている。いつか海外勤務もあるかもしれないと言っていたから、いいところに就職できたものだと感心していた。

何よりも、大好きな機械いじりができる会社なのだ。もちろん、営業に回されてしまうこともあるのかもしれないが、それでも扱《あつか》っているのは機械だ。毎日が楽しいと本人が言っている。

よかったと思っている。母を失いどうなることかと思ったが、素直で明るい女の子に、そして勤勉《きんべん》で真面目《まじめ》な女性になってくれた。

家を離れて一人暮らしをするようになっても、亜由は私によく連絡を寄越す。ＬＩＮＥでだ。週に一度は必ず何かしら入ってくる。お祖父《じい》ちゃんお祖母《ばあ》ちゃんへの連絡も欠かさない。

後は、彼氏だなと思っていた。

もう二十六歳だ。

本当にいい子なのだが、恋愛に関してはまったくと言っていいほど話をしてくれなかった。好きな人がいるとかそんなこともまったくわからなかった。祖母である私の母に訊《き》いても、そんな話は一度も聞いたことがないと言っていた。

まさか、今まで一度も男性とお付き合いしたことがないとは思えない。

亜由は、死んだ季実子に似て、そこそこ可愛《かわい》いのだ。親の贔屓目《ひいきめ》を完全になくしても、それこそ教師として生徒を見るような冷静かつ冷徹《れいてつ》な眼で判断しても、ＡＢＣＤで判定するならＡとは決して言えないが、Ｂ程度には可愛いのだ。

もしかして、亜由はレズビアン、同性愛者なのかと若干《じゃっかん》考えたこともある。それならそれで打ち明けてくれればな、とも思っていた。そう思って考えてみれば、亜由には仲良しの女友達が多かった。それはそれで結構なことだが、中高生の頃からどこに行くのにでも一緒の女の子がいたのだ。親友なのだろうと思っていたが、ひょっとしたら、と、思うようにもなった。

それが、だ。

篠塚《しのづか》さんだ。

篠塚洋人《ひろと》さんというのが会社の直接の上司で、三十八歳の男性だというのは以前に知らされていた。上司としても、そして人間的にもとても信頼できる人だと。

今は農業用ドローンの開発チームで、実際に田んぼに出て実地試験と、それをフィードバックさせて製作の両方で、常に二人でコンビを組んでいるんだと。つまり上司の篠塚さんは、現場で動くこともエンジニアとして製作もできる優《すぐ》れた人材だということだ。

その篠塚さんの車で出かけることになった日に、初めてお会いした。そして、「篠塚さんです」と私に紹介した亜由の表情と態度に、少なからず驚いた。

そうか、これが、世に言う恋をしている女の子というものではないかと。

そんなことを感じてしまったのだ。

何故かはわからない。自分の実の娘でしかも素直な性質の子だからわかった、というものでもない。そんなことがわかるのだったら世の中の親は苦労などしない。

実は、私の人生でごくたまにそういうことがある。

会った瞬間に、まるで何かの啓示《けいじ》を受けるかのように、それを感じる瞬間が、あるのだ。

あったのだ。

これで、四度目だった。

一度目は、大好きだった祖父が亡くなる前にあった。祖父は心臓麻痺《まひ》でぽっくりと逝《い》ってしまったのだが、その前の日に私は会っている。そのときに思ったのだ。生きている祖父に会うのはこれが最後だろうと。

二度目は、亡き妻と初めて会ったときだった。同じ大学に入った同級生としてキャンパスで出会ったのだが、この人と一緒に暮らすのだと確信してしまった。一目惚《ひとめぼ》れと言えばそうなのだろうが、頭の中に一緒の部屋で暮らす映像まで浮かんでいた。

三度目は、あの彼に、人を殺して逃げている彼に、会ったときだ。この人がそうなんだと根拠《こんきょ》もなしに確信してしまった。

そしてこれが四度目だった。

篠塚洋人さんは、独身だとも聞いていた。きっといい人なのだろう。亜由とは一回り、十二歳も違い今まで独身だったのは縁がなかったわけではなく、亜由と出会う運命だったのだろう。そしてきっと二人は結婚するのだろう。

そこまで、感じてしまったのだ。

しかも彼は、篠塚さんは、本橋十一《もとはしじゅういち》さんとの橋渡しまでしてくれることになったのだ。

運命なのだろうな、と感じていた。一回り離れた年齢が多少気にはなったが、そんなのはささいなことだ。

間違いなく、篠塚さんは、亜由の夫になるのだろう。私の、義理の息子になってくれるのだろう。


「本当に申し訳ないね」

いつも娘がお世話になっている上に、こんなことで休日を潰《つぶ》してしまって申し訳ないと謝《あやま》った。

「いえ、いいんですよ」

日曜日はきれいに晴れ上がっていた。天気予報では東京も神奈川の方も晴天だった。ドライブにはちょうどいいですね、と篠塚さんは運転席で笑顔を見せていた。

車に乗るのは本当に久し振りだった。小さく深呼吸をして、乗った。私のこれを、亜由はたぶん知らない。

「狭い軽自動車ですみません」

「とんでもない」

助手席には、亜由に座ってもらった。私は、後部座席に座った。篠塚さんは、軽やかで、しかし誠実《せいじつ》そうな人だった。眼を見ればわかる。

「何だか不可思議な話で驚いたでしょう」

走り出してから、そう言った。何せ、殺人犯を知っているという穏《おだ》やかでない話をいきなりしてしまったのだから。

「いや」

そう言ってから篠塚さんは、苦笑した。

「正直、びっくりしましたけど。一体何の話なんだって」

「そうでしょうね」

この篠塚さんは、高校生の頃はクラスでは独特のポジションを取っていたに違いないと感じていた。群れず、けれど孤立せず。我が道を行きながら誰《だれ》にも嫌われないような男の子だ。クラスに一人必ずそういう子はいるものだ。

「本当に、偶然だったんですよ」

道々、きちんと説明しなければならないと思っていた。二時間以上の道行き。まだ恋人でも何でもないただの部下の女性の父親と一緒の車中の慰《なぐさ》みにもなるだろうと考えていた。

プロレスラー本橋十一。年齢は確か同じのはずだ。彼の父親は、食堂を経営していたが、その食堂で喧嘩《けんか》に巻き込まれ命を落とした。その喧嘩をして刺して殺してしまった男は逃げた。今も捕まっていない。

その男を、私は知っているのだ。

おそらく、いや、間違いなく。

「もう五年も前のことなんです。本当に、偶然だったんですよ」

教え子に、川島紀和《かわしまのりかず》くんという男の子がいた。

二年と三年生のときに担任だったのだが、とにかく心配な生徒だった。彼は、生来《せいらい》の気の弱さがあって、幾度となく引きこもり寸前《すんぜん》にまで行くような子だった。ただ、その度《たび》に周囲の気配りや本人の頑張《がんば》りがあって、皆と同じように登校して生活できるようにはなっていた。

明確《めいかく》なイジメがあったわけではないのだ。彼は、いわゆる男同士の付き合いというものにどうしてもついていけなかったのだ。見かけは決してひ弱というわけではなく、むしろ堂々とした体格の、ラグビーでもやればいいのではないかと思わせる子だった。それが余計に周囲から過度に男らしさを求められたり、頼られたり、そして闊達《かったつ》さを期待された。

そして自分でもそれがあればいいと思っていたのだろう。

心と身体にギャップがあったのだろう。彼がそうだったかどうかはわからない。あの頃は私も含め周囲にそういう意識もなかったのだ。

☆

「今は、三十になったのかな？　その彼に、卒業後にバッタリと会ったんだ。家の建築現場で」

「建築現場」

「ほら、クリーニング屋の斜め向かいに大きな家があるだろう。三角屋根の」

あぁ、と、亜由が頷《うなず》いた。

「あの西洋館みたいなおうちね」

「そうだ。駅から我が家に向かう途中にあってね。大きな家だなぁと帰る道すがらいつも見ていた。そこで、声を掛けられたんだ。その川島くんに」

☆

「今は、大工です。屋根職人です」

仕事が終わりでバンに工具などを積んでいる最中に、通りがかった私の姿を見かけて笑顔で駆け寄ってきてくれたのだ。最初はわからなかった。見違えるぐらいに、いや元々そういう体格ではあったのだが、日焼けした顔に浮かぶ笑みが、本当に明るくなっていたからだ。

屋根葺《ふ》きを専門にやっている会社で、屋根職人として働いているという。言葉遣いやちょっとした仕草《しぐさ》に昔と変わらずどこか中性的なところはあったが、本当にたくましくなっていた。

訊けば、今の師匠みたいな人との出会いが自分を変えてくれたという。高校を卒業して会社に就職したはいいが、もちろんそれを私は知っていたが、そこの仕事には馴染《なじ》めずすぐに辞《や》めてしまった。その後一時期はニートのような生活をして引きこもりのようになりかけたが、父親の知人の紹介でアルバイトを始めたのがこの会社で、そこで出会ったフリーの職人さんが屋根職人で、自分を鍛《きた》えてくれたのだと。

「人として成長させてくれました。先生と一緒で、僕の恩人なんです」

そう言った笑顔が本当に眩《まぶ》しかった。

嬉《うれ》しかった。本当によかったと思っていた。人との出会いが人生を作ってくれるとはわかっていたが、川島くんにもいい出会いがあってよかったと。

☆

「余程《よほど》、嬉しかったのだろうね。その後に彼と一緒に飲んだんだ。そこで、いろいろ師匠のことを話してくれた」

「覚えてる」

亜由が助手席で言った。

「教え子とお酒を飲んできて、彼は大工になったんだって嬉しそうに言ってたってお父さん話していた」

そうだった。たぶん、その話をした。

「人生とは不思議なものだね」

つくづく思った。

「師匠の名前は、佐々木《ささき》さんと言って、もう七十になるお年寄りで細身なんだけど凄い元気で、などと教えてくれた。その後、すぐだ。一週間も経《た》っていなかった。私はその師匠ではないかと思える人に会ったんだ」

「どこでですか」

「もちろん、現場だ」

　建築現場ではない。屋根の修繕をしている家だ。

「隣町に住んでいた知人が亡くなってね。葬儀は自宅でしたんだ。お線香を上げて、帰ろうとしたときに隣の家が屋根を直していたんだ」

　葺き替えと言うのか、張り替えか。そういうのをしていて、老体の職人が一服していた。作業着を着ていて、胸に〈佐々木〉とネームが入っていた。姿形といい、川島くんが話していたフリーの職人さんである佐々木さんそのものだった。

　葬式に来ていたこともあり、センチメンタルな気持ちになっていたのもある。よもやと思い、声を掛けてみたのだ。

☆

「すみません」

「ほいよ」

　日焼けし、皺《しわ》が刻まれた肌。頭にタオルを巻き、煙草《たばこ》をくわえたままその職人さんは私を見た。

「ぶしつけで申し訳ないですが、ひょっとして、川島、という男をご存知ではないですか」

その瞬間に、その人の表情が変わった。最初は気軽な感じだったのだ。いかにも職人然とした感じで、なんだこの黒いスーツの男は、と私を見ていた。

それが、突然に眼を見開いたのだ。その瞳《ひとみ》に、何かが浮かんだ。恐怖のような、驚愕《きょうがく》のような、とにかくそういうものだ。

「あんた、あそこにいた」

彼はそう言った。

その瞬間に、何かが私の頭に弾《はじ》けた。

そう、感じたのだ。何かの啓示を受けるかのように、それを感じる瞬間が訪れた。三度目だった。

何故そんなことを言ったのかわからない。

「いたんです」

☆

「いたって、ひょっとして〈国道食堂〉にってことですか!?」

驚いて、篠塚さんが訊いてきた。

「そうなんだ。言ってしまったんだ」

私はそこにいたぞ、と。あなたが十一さんのお父さんを刺した現場を見てしまったんだぞ、と。

彼は、佐々木さんは、完全に勘違いをしていた。私が〈川島〉という名を出したせいもあるのだろう。

「君たちは知らないだろうし、私も後から気づいたのだけど、十一さんのお父さんを刺して逃げた犯人は〈川島三郎《さぶろう》〉というのだよ」

「同姓」

そう。同姓だったのだ。

それほど珍しい名字じゃない。私も長い教員生活で何人もの川島さんという生徒に出会っている。職場にだって川島先生はいる。

「彼は、それで私が、あのとき、その食堂にいたと勘違いをした。自分の顔を覚えていると思ったのだ」

「でも、どうして」

亜由が言う。

「たぶん、でしかないのだが」

私の顔が、彼が事件を起こしたときに、食堂にいた誰かに似ていたのではないかと思っている。

「私は、老け顔だからね」

まだ五十七歳なのだが、それこそときには七十代の老人にも見られる。今いる六十代の校長よりも貫禄《かんろく》があるとも言われている。

「だからかもしれない」

〈国道食堂〉は、国道沿いの、ドライバーが多く集《つど》う食堂だと聞いている。顔見知りになったとしても、どこの誰かもわからない関係というのは多くあるのではないかと思う。食事に来たときによく顔を見るけれど、きっとあいつも何かのトラックドライバーなんだろうと互いに思い合うだけの関係。

「それは、あります」

篠塚さんがハンドルを握りながら頷いた。

「僕ももうあそこに何十回も行ってますけど、顔を見知っているドライバーさんはいます」

「そうだろうね」

「向こうは気づいていないかもしれないですけど、お互いに車を運転していて、道路で擦《す》れ違って、あ、あの人だ、と思ったことも何度かありますから」

亜由も頷いていた。

「そういう人だと、佐々木さんは偽名で、本名川島さんは勘違いしたのね」

そう、勘違いした。

だから、観念《かんねん》した。

何もかも話してくれたのだ。自分のしたことを、逃げてしまったことを、後悔はもちろんしていることを。

そして、逃げてから自分はどういう人生を歩《あゆ》んできたかということを。

今、〈国道食堂〉をやっている息子の十一さんに、どういうことをしているかも。許されないとはわかっていることも。

篠塚さんは、小さく息を吐《つ》いた。

亜由が、私の方を見た。

「話してくれたってことは、その時点でお父さんはその、佐々木さんと名乗っている川島さんを見逃《みのが》したってことよね？」

「そうだ」

見逃した。

私は、殺人犯を、逃亡犯を見逃したのだ。

時効がどうこうも考えたが、すべてを聞いた上で、私は川島くんを、教え子の川島くんのことを考えた。

今、私が警察などに行ったらどうなるのか。川島くんはどう思うか。自分が師匠と仰《あお》ぎ、人生の恩人と思っている人が殺人犯などとわかったら。

そして、そう言っては何だが、少なくとも私よりは老《お》い先短い老人である佐々木さんのことも考えた。

彼のやったこと、逃げていることは許されることではない。

しかし、と。

「詳しくは、〈国道食堂〉に着いて、十一さんに話すときに君たちも知るだろうが」

彼は、償《つぐな》いをしている。

ひょっとしたら刑務所に入って社会的な、法的な罪を償うよりも辛《つら》く重い形で。

私はそう感じた。

「もちろん、彼には川島くんのことも伝えた。私の教え子なんだと。騙《だま》したようで悪かったけどとね」

だから、私はこのまま帰ると伝えた。ひょっとして、十一さんに会うようなことがあったら黙っているわけにはいかないが、それまでは誰にも言わずにいる、と。

そして、私は自分の連絡先を教えた。

「もしもあなたに、その気があるのなら、手紙でも葉書でも電話でもいいから連絡してくれと。近況を伝えてくれと」

「来たんですか連絡は」

「来ている」

住所と連絡先しか書いていない葉書だが、来ているのだ。今、佐々木さんこと川島さんがどうしているかも、おおよそわかっている。

「そういうことだったんですか」

運転席で篠塚さんが、静かに言いながら頷いたのがわかった。

「私は、間違ったことをしたと思うかね」

その思いはあった。ずっとあった。人として間違ったことはしていないと自分では納得していたが、教師として、社会人として、どうなのかと。

亜由がずっと考えていた。その亜由をちらりと、篠塚さんは見てから言った。

「僕でも、そうしたと思います」

ルームミラーの中で眼が合い、少し微笑《ほほえ》んだ。

「僕はもう何年も前から十一さんを知っています。いい人です。きっときちんと話を聞いてくれて、そしてわかってくれると思います」

1st season

野中空

十八歳

治畑市立東第一高校三年

〈国道食堂〉は、この辺じゃたったひとつのレストランなんだ。

レストランって感じじゃないか。ご飯を食べられる場所。

やっぱ食堂か。〈食堂〉って言葉がピッタリ来る感じの、ご飯を食べるところ。

ひとつしかないっていうのは錦織《にしきおり》に住んでる人だったら、きっと全員が知ってる。錦織の人じゃなくても、そこの国道五一七号線をよく車で走る人だったら知ってるはず。この辺を走っていてお昼とか晩ご飯の時間になったら、もうここで食べるしかないって。

近所に食べるところがひとつしかないなんて、けっこう田舎《いなか》だっていうのはそうなんだけど、意外と僕には不満はないんだ。どうしてかっていうと、〈国道食堂〉のメニューはものすごくたくさん種類があって、それが全部めっちゃウマイから。

自分の家の近所に、少なくとも自転車で行ける近いところに、こんなにご飯がウマイ店があるっていうのは、けっこうラッキーだって思う。

冗談抜きで、治畑《ちばたけ》市もそうだけど、小田原《おだわら》市とか横浜とか東京とか行ったって、〈国道食堂〉のメニューより美味《おい》しいものを出す店ってそんなにたくさんないって思うよ。ちょっと大げさだろうけどさ。

でも、本当にそう思う。中学生になるまで東京の新宿っていうけっこう都会の場所に住んでいた僕がそう言うと、やっぱりそうなんだ、ってわりと皆が納得してくれてた。皆もそう思っていたんだよね。

確実に言えるのは、いちばん近くの街である治畑市にある飲食店で〈国道食堂〉よりも美味しいところはないよ。今のところは、だけど。全部のお店で食べてるわけじゃないけど。

その証拠に、錦織に住んでいる人は一週間に一回は必ず〈国道食堂〉にご飯を食べに行くんだ。

いくら電車の駅もない田舎の集落の錦織だって、バスはある。治畑市までバスに乗れば三十分も掛からないし、誰《だれ》の家にも車はある。今日は外食にしようってときに、車で三十分圏内であれば、食べに行けるところはたくさんあるんだ。

それなのに、皆が〈国道食堂〉に行くんだ。

下手《へた》したらほとんど毎日〈国道食堂〉に食べに出かけている人だっているぐらい。

なんたってあそこは毎日通っても一ヶ月全部違うメニューを食べられるぐらいに、料理の種類がある。

さすがに本格的なフランス料理なんてのはないけれど、和食に中華はもちろん、洋食に本格的なパスタやピザなんてのもある。毎月のように新しいメニューが入ったりするし、それに近所の常連さんだったら、特別の裏メニューだって作ってくれる。

とにかく、いい店。

温泉も湧《わ》いているから、その気になれば毎日銭湯より安い値段で温泉に入ることもできるし、錦織に住んでいる人はそんなことしないけど、泊まることだってできる。

本当に、すっごく、いい店だってずっと思っていた。

まさか、そこに住むことになるなんて、思っていなかったけどさ。

二方《ふたかた》さんと初めて会ったのは、〈国道食堂〉に住むことになって、リュックに教科書や大事なものを詰めて自転車で来た土曜日の午前中。

他の布団《ふとん》や服なんかは、後で閉店後に十一《じゅういち》さんが車で一緒に取りに行くことになっていた。

簡易宿泊所ってことで、トラックの運転手さんなんかが泊まれるようになっている二階の一番奥の八号室が、当分の間の僕の部屋。

その向かい側には十一さんや金一《きんいち》さんの部屋がある。ここには店主の十一さんと、ずっと働いている金一さんの二人が住んでいるんだ。

一緒に働いているみさ子さんとふさ子さんは、錦織から車で通っている。でも二人とももうおばあちゃんで、そろそろ車の運転は止《や》めた方がいいんじゃないかって話が出ていて、十一さんが送り迎えをしようか、なんて話しているらしい。それか、錦織の家を出てここに一緒に住んでしまうかって話も。二人はまだまだ大丈夫だって言ってるらしいけど。

そこに、僕も加わるようになった日。

キーボックスから八号室の部屋の鍵《かぎ》を取って、リュックを背負って部屋まで行って鍵を開《あ》けてリュックを置いて、自転車の荷台に括《くく》りつけておいた他の荷物を取りに降りていったら、そこに二方さんがいたんだ。

七号室の鍵を取ろうとしていたから、泊まる人なんだなってすぐにわかったけど、なんだかトラックドライバーにしては随分《ずいぶん》カッコいいシュッとした人だなって。

まるで俳優みたいだなって思ったときに、それが浮かんできた。

〈国道食堂〉に貼《は》ってある一人芝居のチラシの写真。

「あ」

思わず声を出したら、二方さんが僕を見て、ニコッて笑った。その笑い方も何だかカッコよかった。

「こんにちは」

「こんちは」

ちょっと不思議そうな顔をして二階を見てから、僕を見た。

「上に、用事？」

そう言うから、えーと、ってちょっと迷ってしまった。

「いや、今日から住むんです」

「住む」

二方さんが、ちょっと眼《め》を細めてびっくりしていた。

「住むって、君が？」

そうなんです、って頷《うなず》いたら、店から十一さんが出てきた。

「おう、空《そら》。来たか。二方も」

「今、来ました」

二方さんも頷きながら、十一さんを見た。きっとわけがわからないって顔を二方さんはしていたんだと思う。それを見て、十一さんが少し笑った。

「ちょうどいいや。空、二方に事情を軽く説明しておけ。二方もこれからしばらくここに泊まり込むんだ。二週間かそこらかな」

「あ、そうなんですか」

そんなに長く泊まる人なんかまずいないから、ひょっとしたら、一人芝居するのに集中して練習でもするのかなって思った。

「少しの間だけど、ご近所さんだからな。一緒に飯《めし》でも食って仲良くなっておけよ。あ、待てよ」

十一さんが駐車場を見た。

「二方、もちろん車だよな」

「もちろん」

「今日明日は休みでなんの予定もないって言ってたな」

「ありませんよ？」

パン！　って十一さんが手を合わせて二方さんを拝むような格好《かっこう》をした。

「悪い！　この空の引っ越し荷物を今、車で運んでやってくれないか。錦織に家があるんだ。荷物は少ししかないからよ。昼飯おごりでどうだ」

二方さんは、こくん、って頷いた。

「全然いいですよ」

二方さんの車には会社の名前が入っていて、営業車だっていうのはすぐにわかった。

「後ろのスペースに荷物は全部載るかな？」

後ろに少し荷物が積んであるけど、大丈夫だと思う。

「載ると思います」

「じゃ、助手席に乗って」

「薬の会社ですよね？」

乗りながら訊《き》いたら、そうだよって頷いた。

「置き薬って、わかるかな」

「わかります。賀川《かがわ》さんの家にもあったので」

賀川さん、って二方さんが小さく繰り返した。

「みさ子さんとふさ子さんだよね」

「そうです。僕の家はその裏です」

「賀川さんの裏は、確か、野中《のなか》さんだったかな」

「はい。覚えてるんですか？」

ちょっとびっくりしたら、二方さんは微笑《ほほえ》んで車のエンジンを掛けた。

「仕事だからね。僕はその置き薬の営業マンなんだ。錦織は薬を置いてもらおうと全部回っているから大体《だいたい》は覚えているよ」

全部って。錦織だって田舎だけどけっこう家はたくさんあるのに。営業マンってそんなにスゴイのか。

「野中さんは確か、おばあさんが一人で住んでいたはずだけど」

「そうです。僕の祖母です」

そうか、って二方さんは頷いて車を発進させた。

ここから錦織までは車で二分も掛からない。信号に引っかかっても四分。あっという間だ。

「高校生かな」

「そうです。三年生です」

「じゃあ、今年で卒業か」

そう。卒業したら就職しようと思ってる。もう就職するしかないし。二方さんが運転しながら、ちょっとだけ難しい顔をした。

「〈国道食堂〉に住むっていうのは、ひょっとしたら野中のおばあさんがどうかしたのかな」

「はい」

野中とも子っていうのが、おばあちゃんの名前だ。今まで僕と一緒に暮らしてくれたおばあちゃん。

「ばあちゃん、病気で入院したんです。それで、もう治《なお》らなくてそのまま施設に入ることになっちゃって」

身体《からだ》も弱っちゃって、ほとんど起き上がることもできなくなっているんだ。

「僕はこの家で一人で暮らすのもできるって思ったんですけど、ばあちゃんのこれからのことを考えると、家とかも売るしかなくて」

なるほど、って感じで二方さんが頷いた。道案内しなくても、二方さんはまっすぐに僕の家に、ばあちゃんの家について、車を停《と》めた。

「よし、運ぼうか。入っていいよね」

「あ、いいです。どうぞ」

もうほとんど荷物もなくなってしまっているばあちゃんの家。小さいけれど、ちゃんとした一軒家。

運ばなきゃならないのは、僕が使っていた布団と服が入った段ボールが二つ。それだけ。

「机とかは」

「あ、机は、椅子《いす》も向こうにあります」

〈国道食堂〉の物置にあったんだ。今使っているのと変わらないぐらいのちゃんとした机と椅子。本棚もあるし。

「あそこ、物置にけっこう何でもあるんです。びっくりしました」

「そうか」

二人で運んで車に載せて、僕が鍵を掛けた。二方さんは、僕の後ろで家を見上げていた。

「すると、この家も土地も売ることになったんだね」

「はい」

全部、十一さんの知り合いの弁護士さんが間に立ってやってくれた。

「淋《さび》しいね。自分の家がなくなるっていうのは」

二方さんがそう言った。たぶん、そう考えるだろうなって思っていた。ここが僕の育った家だったんだなって。祖母と二人で住んでいたのは、親に何か事情があったんだろうな、とかいろいろ考えていると思う。

確かにここは僕が住んでいた家だけど、ここには中学に入ったときから今までだから、六年も住んでいないんだ。

そもそも、ばあちゃんも僕の本当のばあちゃんじゃない。

血が繋《つな》がっていない。

そういうことは人に言わなくてもいいことだし、聞いてもそんなに気持ちの良《い》いことじゃない。いろいろ事情があってそうなったんだろうなって二方さんも納得してるはずだ。

でも、話してもいいのかなって、思った。二方さんは、全然大丈夫じゃないかって。何となくそう思っちゃったんだ。

「あの」

車を発進させた二方さんに言った。

「うん？」

「小学校を卒業するまで、僕は東京にいたんです」

父さんと母《かあ》さんと一緒に住んでいた。

「あ、そうなんだ」

「ここに来たのは、中学校に入ったときなんです」

そして、一緒に住んでいた父さんは、本当の父さんじゃなかった。

「母さんは、再婚だったんです。再婚したとき、僕は幼稚園でした」

だから、連れ子ってやつなんだ。

そう言ったら二方さんは、静かに頷いた。

「実のお父さんは」

「どこにいるのか、わかりません」

覚えているけど、突然いなくなった。

「いなくなった」

「理由は、全然わかりません」

離婚はきちんとしたらしいから、どっかで生きているとは思うんだけど。

「それから一度も会ってないし、連絡先も知りません」

そうか、って二方さんは少し顔を顰《しか》めた。

「それで、小学校に入る頃《ころ》に、母さんが再婚して」

新しい父さんと一緒に東京で暮らし始めた。それまでは、僕はあんまり覚えていないんだけど埼玉にいたらしい。

新しい父さんは、東京でけっこう大きい電機メーカーに勤めていた。誰もが知っているようなところ。

「工場かなんかで働いていて、けっこう偉い人だったみたいです」

毎日忙しく働いていて、会社が休みの日以外は、あんまり顔を合わせたことはなかった。

毎朝僕より早く家を出て、そして僕が寝てから帰ってくるような生活だった。

「それは、淋しかったんじゃないのか？」

どうかな。あんまりそういうのも覚えてないんだけど。

「いや、でも、いい人だったと思うんですよ。なんか、すごく真面目《まじめ》っぽくて、そして優しい人でした」

ドラマとかにあるような、再婚した連れ子をいじめるとか、無視するとか、そんなことをするような人じゃなかった。

誕生日やクリスマスにはプレゼントを買ってくれたし、一緒にお風呂《ふろ》にも入っていたし、きっと本当の息子みたいに接してくれていたと思う。

「再婚して、子供はできなかったんだね？　君の弟や妹は」

「できなかったです。子供は僕だけです」

それから、って続けようと思ったけど、一応言っておいた方がいいか。

「あの」

「うん」

二方さんはちらっと僕を見た。

「けっこうキツイっていうか、ものすごい話になっちゃうんですけど、驚かないでくださいね。あの、イヤだったらそういうことで、って話さないですけど」

二方さんは、ちょっと首を傾《かし》げてから微笑んだ。

「大丈夫だよ。話していいよ」

「はい。じゃあ、あの、僕は今は全然平気なんで、そのことで気を遣わないでください」

そう言ったら、真面目な顔をして頷いた。

「わかった」

何人かの人に話したことあるけど、皆けっこうショックを受けていたんだ。そんなひどいことがあったのかって。

それで、イヤな思いをさせてしまったたって後悔は、けっこうあるんだ。

「小学校六年生のときです。何があったのか、僕は全然知りません。父さんも母さんも、わりと普通の人だったたって思ってます。今も」

「うん」

でも。

「父さんが、母さんを殺したんです。そして、自分も自殺したんです」

二方さんは、ハンドルを切りながら口を歪《ゆが》めた。小さく頷いただけで、何も言わなかった。

「僕がその現場を見たわけじゃないです。学校にいるときに警察から電話があって、先生が呼びに来てお巡《まわ》りさんも来て。そして警察署に連れて行かれて、僕はそのまま警察署にずっといたんです」

それは今でもはっきりと覚えているんだ。

藤沢《ふじさわ》さんっていう女性の警察官がずっと僕と一緒にいてくれた。もう六年生だったんだから、別に一人で部屋に放っておかれても平気だったと思うんだけど、とにかくずっと一緒にいた。

「いろんな話をしてました。僕の話はもちろんだけど、藤沢さんも自分のことをなんだかんだって」

三人姉妹ってことも、そのうち二人が警察官になったって。でもお父さんは普通の会社員でお母さんは専業主婦だって話してくれたことも覚えている。そして、とんでもないことになってしまったんだけど、絶対に自分を責めたり何かを恨んだりしちゃダメだって。

ひどいことになってしまったけれど、こうして美しくて優しい婦人警官と知り合いになれたのはラッキーかもしれないでしょ？　って笑って、何かあったらどんなことでもいいから話してきて、って個人の電話番号とかも教えてくれた。

「今でも、年賀状が来るんです。その藤沢さんからは」

「いい人だな」

「はい」

優しくて、いい人だ。美人じゃなかったけどね。そのときは独身だったけど、今は同じ警察官と結婚して、二人で駐在所にいるんだ。

「いつか駐在所に会いに行きたいと思ってるんですけど」

「どこの駐在所？」

「東京の武蔵野《むさしの》市ってところです」

そうか、って少し微笑んだ。

「確かにここからは少しあるけれど、行こうと思えば、行けるよ」

「はい」

そう思ってる。

「それで、その藤沢さんが話してくれました」

お父さんとお母さんは、死んでしまったって。

「あんまり覚えていないんですけど、母さんにも父さんにも兄弟とかそういうのいなくて、しばらく経《た》ってから警察署に来たのは、おばあちゃんだったんです」

「野中さんの」

「そうです」

おばあちゃんは、お父さんのお母さんだ。

「だから、僕とは血が繋がっていないんです。実は赤の他人なんです」

再婚だから。僕は母さんの連れ子だったから。

「会ったのも、そのときが二回目でした。最初に会ったのは結婚したときで、それから会ったことはなかったんです」

ばあちゃんは、僕を抱きしめてくれた。そして、泣いていた。どうしてこんなことになったのかって。

「そのときも僕はいったい何が起こったのかまったくわからなくて、父さんと母さんが死んだって聞かされても、実感なくて」

「そうだろうね」

会わせてもくれなかった。まだ会えないんだって。

「何がどうなって二人が死んでしまったのかは、後で新聞記事で知りました」

だから、本当に僕はずっと後まで何にもわからないんだ。どうしてそんなことになってしまったのか。警察に事情を訊かれたけど、本当に何にも知らなかった。

父さんも、母さんも、僕に暴力を振るったりすることなんか一回もなかった。二人とも、優しかった。もう何年も経ってるけど、今も、よくわからない。そもそも二人が死んでしまったのも本当なんだろうかって思うぐらい。

「お葬式もしなかったので。僕が知ってるのは、骨をお墓に入れるときだけなんです」

「それまでずっと野中のおばあさんと一緒にかい」

「いえ、おばあさんもいろいろ訊かれたりして家に帰れなくて、そうしたら十一さんが来たんです」

「十一さんが？」

「びっくりしました。いきなりプロレスラーみたいな人が来て、一緒に行くぞって。それからしばらくの間、ずっと十一さんが僕を〈国道食堂〉で預かってくれたんです。ばあちゃんはふさ子さんたちと仲が良かったので、頼まれたみたいで」

「そうか」

そのときに初めて十一さんに会ったんだ。そして、初めて食堂でご飯を食べた。

「お腹《なか》が空《す》いていたせいもあったと思うんですけど、めちゃくちゃ美味しかったんですよ。まだ子供だったからそれこそ飛び上がるぐらいに僕は喜んで」

「わかるよ」

二方さんが笑った。

「僕も初めて食べたときにめちゃくちゃ美味しいって思った。子供だったらきっと飛び上がっていたよ」

「ですよね！」

本当に美味しかった。そして、十一さんも金一さんもみさ子さんもふさ子さんも、皆僕に優しくしてくれた。

「十一さんが、話してくれました」

たぶん、僕はずっとこの町に、錦織にいることになるって。お父さんとお母さんが死んじゃって悲しいだろうし、いろいろ辛《つら》いだろうし、転校とか悔《くや》しいだろうって。

「気持ちがどうにもならなくなったら、リングに上がれって言ってくれました」

「リングに？」

「リングです」

上がったんだ。十一さんと二人で。

「すごい、気持ちが良かったです」

初めて見るリング、初めて上がったリング。

「十一さんが、俺《おれ》にぶつかって来いって。ドロップキックしてきてもいいぞって」

そんなことしなかったけど、嬉しかった。ちょっと組み合って、プロレスの真似事《まねごと》もしてみた。リングの上を転がるのも、楽しかった。

そして、すぐに僕は転校することになった。手続きも何もかも十一さんがおばあさんの代わりにやってくれたらしい。

「僕はただ、そのときは十一さんの部屋だったんですけど、そこで待っているうちにランドセルや教科書や全部が届いて、近くの小学校に通うようになって」

一ヶ月もしないうちに卒業して中学生になったんだけど、ばあちゃんが戻ってきたときには、もう父さんも母さんも骨になっていたんだ。

二方さんが、小さく息を吐《は》いたのがわかった。

「じゃあ、今回も」

「そうです」

だから、今回もそうなった。

ばあちゃんは、もう戻ってこられない。僕は一人で生きていかなきゃならない。でも。

「一人じゃないって。俺がここにいる。そしてここは、〈国道食堂〉が自分の家だと思えって。ずっといていいんだって十一さんは言ってくれて」

「うん」

二方さんが、頷いた。

〈国道食堂〉に着いた。

☆

二方さんはやっぱり一人芝居の稽古《けいこ》をするためにしばらくここに泊まるんだって言った。

「ずっと通うのは時間ももったいないしね。どうせ一人暮らしだから」

「そうなんですね」

土曜日で、休みだったので二人で食堂を手伝うことにしたんだ。どうせ僕はずっとここにいるから、もう〈国道食堂〉のアルバイトをすることにしたから、ちょうど良かった。

僕と二方さんがホールに出て、運んだりお客さんの相手をすると、金一さんがゆっくり厨房《ちゅうぼう》で洗い物とか調理とかできて、楽でいいって喜んでいた。

二方さんは、すっごく上手《じょうず》だった。まるで本職のウエイターみたいに、料理を運んでお客さんをさばくから驚いたんだけど、仕事のできる奴《やつ》ってのはそういうもんだって十一さんが言っていた。

きちんと周《まわ》りを見られる人っていうのは、どんな仕事をやっても、ある程度はこなせるものなんだって。それが器用な人なんだって。

二人でホールをやって、夜になってお客さんが少なくなったところで晩ご飯を食べて、そして二人で風呂に入った。

疲れたけど、気持ち良かった。仕事の後に風呂に入るのがいいんだっていろいろ聞いたけど、本当だなって思った。身体の疲れが、抜けていくのがよくわかった。

「稽古をするんですよね」

「そうだよ」

閉店してから、二方さんはリングで一人芝居の稽古をする。

「全部、二方さんが考えているんですよね。台本っていうか、そういうのも」

「そう」

本番はもう少し後。

「練習、見ててもいいですか?」

訊いたら、二方さんが微笑んで頷いた。

「いいよ。いくらでも。あ、後で感想を聞かせてよ」

「いいですけど、僕芝居なんて観たことないですけど」

全然、芝居のことはわからない。

「素直な感想でいいんだよ。おもしろかった、おもしろくなかったでいいんだ。途中で寝ちゃってもいいし」

白いシャツにジーンズっていう普通の格好で二方さんが、リングの近くに立った。なんか、それだけで、あれ？　って思った。

さっきまで一緒にいた二方さんとは全然雰囲気《ふんいき》が違うって思ったから。

ふぅ、って息を吐いて、二方さんがリングにかかっている階段を昇り始めた。

そのときに、その階段が、ドラマか映画で見たような、アパートの階段に見えてびっくりした。

二方さんは何も持っていないのに、肩に軽く手をやっているのが、鞄《かばん》を肩から提《さ》げているように見えた。

疲れていた。

一緒にお風呂に入ってさっぱりして元気だった二方さんはどこにもいなくて、リングに上がったのは仕事で疲れて帰ってきた中年のおじさんにしか見えなかったんだ。

演技。

演技なんだって。

身体がぞわぞわしていた。何かが自分の身体の中で騒いでいて、それが皮膚の毛穴から出てくるみたいだった。

リングの真ん中にパイプ椅子が置いてあって、そこに二方さんが座った。していないのに、ネクタイを緩《ゆる》めるのがわかった。スーツのジャケットを脱いだ。

そして、さっき郵便受けから取ってきた手紙を見るのがわかった。

何もかもわかったんだ。

リングの上は、舞台になっていた。二方さんが住んでいるどっかのアパートの部屋になっていた。

きっと手紙は、DMとか請求書とかそんなものなんだ。それが顔つきと身体から漂《ただよ》う雰囲気でわかった。

でも、その中に、いつもとは違うものが混じっていたんだ。

それが、わかった。

『向井《むかい》？』

声が違う。さっきまで話していた二方さんの声とは違う。

ゆっくりと、スローモーションで、まるでパントマイムみたいな動きでゆっくりと回転しながら立ち上がっていった。

それと同時に、リングも、いや、二方さんのアパートの部屋も回転したように見えた。

舞台が変わったんだ。

『どうして、あいつが手紙なんか』

二方さんが、ゆっくりと周りを見回した。

風が吹いたような気がした。二方さんの髪の毛が揺れて、外になった。

アパートの部屋から、舞台は外になったんだ。そして、二方さんの身体も変わったような気がした。

エネルギーが溢《あふ》れた。

笑顔になった。

若くなった。

『向井！』

高校生だ。きっと高校生になったんだ。今、二方さんは高校生になった主人公を演じているんだ。

凄《すご》い。

演技って、こういうものなんだ。別の自分になれるんだ。そういうのが、役者っていうんだ。別の誰かになって、誰かの心を動かせるんだ。

僕にも、できるんだろうかって思った。
今とは違う自分になることが、誰かの心を動かすことが。

1st season

見村豪

五十五歳　元スタジオミュージシャン　ライブハウス経営者

嬉《うれ》しくなる瞬間が、ある。

体中の血が騒いでカーッと熱くなってくるような瞬間だ。いいぞ！　と拳《こぶし》を突き上げたくなったり、いいじゃないか、と感嘆《かんたん》の息を大きく吐《は》き出したり、そのミュージシャンの違いで反応は変わってくるけれども。

同じだ。

嬉しくなっちまうんだ。

こんなにもスゲェ奴《やつ》らが、若いのがいるんだって。そしてそいつらはまだ表舞台に立っていないんだって。

「それを見つけた自分もスゲェって思うんだろ？」

ニヤリと笑ってキュウさんが言う。

「その通りですね」

その瞬間が欲しくて、もっともっと欲しくて、こんな商売をやっているみたいなもんだ。儲《もう》かりもしないのに。むしろ生活は苦しいのに。

「そしてそいつらがメジャーになったら、ワシが育てた、って言うんだよな」

キュウさんが言うので、笑う。

それは野暮《やぼ》ってもんだし、育てるなんてことはできないけどな。そもそもミュージシャンの才能なんて育つもんじゃない。

最初から、あるんだ。

育つのはテクニックだけで、音楽の才能は神様が与えたもんだ。言うと、キュウさんも頷《うなず》く。

「そこは同意だな」

「テクニックしかなかった俺《おれ》たちみたいな、成れの果てが、こういう場所に行き着くんですよ」

見渡した。

俺の城。

〈Go's On〉

ライブハウスだ。吉祥寺《きちじょうじ》の。もちろんライブをやっていないときは、カフェとバーだ。

最高のライブハウス、とは言えないかもしれないが、この二十年の間にここから跳《と》んでいったバンドは多い。〈ビースター〉に〈祖師谷《そしがや》バンド〉、〈にれ〉だって〈氏木《うじき》サイコ〉もここでずっと演《や》ってここを満員にしてからメジャーになったりしたんだ。

あいつらの遺《のこ》した落書きや置いていった機材もまだここにある。サイコのギターなんてずっと置いてあるけどあいつはいったいいつになったら取りに来るんだ。

ここで演《や》りたいっていう連中は今でも多い。

「まぁしかし二十年も続いてるってことがまずスゴイって思うよ。そんな店も少なくなっちまったろう」

「そうかもしれませんね」

続いているのは、確かに俺も頑張《がんば》ってるって思うよ。

「でも、成れの果て、って思っちまうのは確かですよ」

そう言うと、キュウさんが少し首を傾《かし》げた。

「この間、テレビで金子《かねこ》ちゃんを見たよ。オーケストラを指揮《しき》してた」

「あぁ」

金子ちゃん。

俺と同じバンドでやっていたミュージシャン。

トランペッターだ。ホーンセクションだったけど、元々金子ちゃんはクラシックの出だった。音大も出てる。だから、管楽器だけじゃなくてピアノだってなんだって弾《ひ》けた。しっかりとした基礎があった。俺みたいに元々がロックでピアノだってなんだって自己流の人間とは、音楽的な素養が、モノが違った。

「スゴイよな。ああやって現場でやっていけるってのは」

「あいつは、昔っからスゴイんですよ。地味だったけど」

「そうだよな」

金子ちゃんはとことん地味なんだけどさ。その地味さが、いいんだ。堅実《けんじつ》っていうか、人柄も含めてさ。だからああやって大所帯をまとめてきっちりとした仕事をして、認められる。安心できるんだよな。

「キュウさんの前の業界でもそうじゃないんですか？　派手な才能を持ってる人はどんどん表に出ていくけど、地味にきっちりとした仕事をずっと続けてこられた人は、しっかりと根を張れて仕事がやっていける」

「その通りだ」

キュウさんが、グラスに入った水割りをくいっと飲み干して、トン、と置いた。

「生き残ってちゃんとした立場を築いているのは、大体《だいたい》が地味な奴だよ。才能持った連中は飛び出してって独立して目立つことやっていたけど、時代が変わっちまうといつの間にか消えていってるのも多い」

そういうものなんだ。

だから金子ちゃんはああやって今はしっかりと音楽業界の中で、現役のミュージシャンとしてやっていけてる。

「会うことはあるのか」

「ありますよ。たまにここに来てくれますよ」

一緒にキーボード弾いたりもしている。金子ちゃんは顔がそんなに売れているわけじゃないから、ここで気紛《きまぐ》れにゲリラライブをやっても大騒ぎにはならない。ただもう純粋に楽しんでやっていくんだ。

「そうか。いいな」

そう言って、キュウさんは微笑《ほほえ》んだ。

キュウさん、山田久一《やまだひさかず》さんは、今はトラックの運転手をやっているけれど、以前は広告会社でプランナーをやっていた。

それこそ、スゴイ人だったんだ。

ミュージシャンではなかったけれど音楽にも目茶苦茶詳《くわ》しくて、センスがあって、それこそ俺たちのバンドを最初にメジャーな舞台に上げてくれたのはキュウさんだった。

あの頃《ころ》キュウさんは百貨店の広告をやっていた。まだメジャーデビューもしていない、ライブで人気だったぐらいの無名の俺たちのバンドを百貨店のポスターのビジュアルに使ったんだ。スゲエカッコ良く写真を撮られて、それがデカイ百貨店のポスターになって駅とかにバンバン貼《は》られて、それで幅広い年齢層に名前が知られていった。

あのポスターだ。さすがに店内に貼るのは恥ずかしいので楽屋の壁にパネルにして貼ってある。

CMにも俺たちのライブが撮られて、使われた。それがきっかけになってメジャーデビューもした。

俺たちのバンドにもしも恩人がいるとしたら、その中の一人に必ずキュウさんは入るはずだ。

「それでな、豪《ごう》ちゃんさ」

「はい」

「久し振りに顔を出したのはさ、昔話を愉《たの》しむためだけじゃないんだ」

「ですよね」

そう思っていた。わざわざライブのない日を選んで、しかも開店してすぐの客のいない時間帯に来たんだから何か話があるんだろうと。

「紹介できるような若い女はいないですよ」

「バカ野郎。もうそんなの枯れちまったよ。まずは、これを観てくれないか」

「なんすか」

iPadを出した。手で店に流している音楽を切ってくれ、という仕草《しぐさ》をしたのでリモコンで切った。途端《とたん》に店内が死んだように静かになる。音のなっていないライブハウスには墓場の匂《にお》いがするって言ったのは誰《だれ》だっけな。

キュウさんが動画を流した。

すぐに画面に出てきたのは。

「リング？」

リングだ。プロレスとかボクシングで使うリング。

けれども、広い会場じゃない。天井がすぐ上にある。どこだこれは。

キュウさんが、一時停止をした。

「ここで、一人芝居が始まる」

「一人芝居」

リングの上がステージってことか。

「まだ練習しているところを撮ったものだけど、観てくれ。そして、これの〈音〉を頼みたいんだ」

音。

「俺に？」

そう、ってキュウさんは頷いた。

芝居に、音。

「つまり、曲を書けってこと？」

「曲もそうだし、SEが必要だと思えばそれを。もちろん音響のセッティングも。つまり、この芝居のインスペ、音楽監督をやってほしいんだ」

音楽監督。

「豪ちゃんなら、この芝居に最高の音を付けてくれるって思ったんだよ俺は」

「どうして俺に」

俺はただの元スタジオミュージシャンで、今はライブハウスの親父《おやじ》だ。キュウさんは、少し首を傾げて、意味あり気に唇を歪《ゆが》めた。

「ミュージシャンは星の数ほどいるが、芝居のことを、それも舞台のことをきっちり理解していて、大好きで、なおかつ曲が書けるなんて奴はあんまりいない。その中でも豪ちゃんは最高の音楽家の部類だと、俺は昔っから思っていた」

芝居のことを。

まさか、キュウさん。

「俺のことを？」

知っていたのか。

キュウさんが、ニヤリと笑った。

☆

親に才能があったとしても、それが子供にも受け継がれることってどれだけあるもんだかな。

親の七光りなんて言葉があるけれど、まぁ良い意味の言葉じゃない。実際、それがわかりやすい昔の芸能界を見ても、親よりも素晴らしい才能を見せた子供なんてほとんどいなかったんじゃないか。

今は、どうなんだ。最近はやたら二世俳優とかいるんじゃないのか。その中に、親よりも活躍している、才能ある俳優はいるんだろうか。ミュージシャンでは、そう言っちゃあいつとかあいつには済まないけど、まずいないな。偉大なミュージシャンを超《こ》えるのは、ほとんど不可能に近いことだ。そもそも親が偉大でもない場合はそうでもないだろうがな。

芝居は、好きだった。

映画も舞台もテレビドラマも全部大好きだった。

いろんなところに連れて行ってもらったし、そして呼んでもらったし、裏側の世界も見せてもらっていた。ものすごく楽しかったのをよく覚えているよ。光り輝く世界の裏側にはもちろん影があるけれども、そこにもあたりまえのようにきらめく才能を持った連中が数多くいた。

そういう人たちの汗と涙を小さい頃から肌で感じ取れたことが、今の俺を作ったと思っている。

まぁそういう役者に憧《あこが》れたときもあったけれども、ロックに夢中になっちまって音楽の道に進んだんだけどな。

親への反発もあったかもしれない。

あいつらと同じ道に行ってたまるかって気持ちもあっただろうし、違う道の、同じように光り輝くところで勝負してやるってのもあったか。あっただろうな。

結局は親を超えられなかったんだが。

日本を代表すると言っても過言じゃない俳優の浪原喜一郎《なみはらきいちろう》と、歌劇団の娘役だった柚木《ゆずき》眞子《まさこ》。

結婚はしていないけれど、その二人の間にできた子供が一人いる。

俺だ。

見村《みむら》豪だ。

見村ってのは、柚木眞子の妹の旦那の姓だ。当時はまだ退団したばかりの売れっ子女優だった柚木眞子は、俺の存在を隠し続けるために自分の妹のところの養子にしたんだ。

それを知ったのは中学生になってからだ。それまでは、浪原喜一郎は気の良い親戚《しんせき》のおじさんみたいに思っていたし、柚木眞子は文字通り伯母《おば》さんだった。

二人は、俺を可愛《かわい》がってくれた。映画や舞台に呼んでくれたのはもちろん、撮影現場に連れて行ってくれたり、海外のロケに一緒に行ったこともある。

本当に優しくて楽しくて、親切な親戚のおじさんと伯母さんだったんだ。

今にして思えば二人は、俺の本当の親は、自分の親として責任を全部放棄したから身も心も軽くなって、実子である俺にあれだけ優しくできたんだろう。自分の持っているものを全部伝えようとしたんだろう。伝わると信じたんだろう。

人の親になって、子供を育ててきたからよくわかる。

自分の子供ってのは何かと厄介な気持ちになることも多いんだが、他人の子供ってのは何をやっても可愛いもんだ。

勝手だが、あの二人にとってはそれが最良の手段だったのかもしれない。あのまま俺を自分の子供と認めていたら、二人は、いや俺も含めてひどいことになっていたかもしれない。

スキャンダルにはならなかった。よくもまぁバレなかったもんだと思うが、今でも、俺が浪原喜一郎の実子なんてのを知ってるのは家族しかいない。

その家族も、もう育ての親のおふくろしかいない。

浪原喜一郎も、柚木眞子もとっくに鬼籍《きせき》に入った。

文字通り秘密を墓場まで持っていきやがった。

だから、息子である俺もそうするつもりだったんだけど。

☆

「どうやって知ったんですか」

キュウさんに言うと、肩をひょいと竦《すく》めた。

「広告屋の情報網を嘗《な》めない方がいいぞ」

マジか。

「というのは嘘《うそ》だ」

「嘘ですか」

「知ったのは本当にまったくの偶然だ。そして、もちろん俺は誰にも言ってない。聞いたのは、豪ちゃんの親父さんからだ」

「親父が？」

七年前に死んじまった育ての親の親父。

何年前かな、ってキュウさんは続けた。

「もう二十年も前か。豪ちゃんたちが解散するちょっと前だったかな。親父さん、都庁にいたよな」

「そうですね」

親父は都庁勤めの公務員だった。

「あの年に、ちょっとしたスキャンダルが都知事周辺にあったのを覚えているか」

都知事にスキャンダル。

「ありましたっけ」

いやいろいろあったのかもしれないけれど、都知事のスキャンダルなんてこの何十年でいくつもあっていちいち覚えていられない。

「あったんだよ。まぁ小さなものなんで多少騒がれた程度で消えちまったけど、銀座の女絡《がら》みでさ」

「そうなんですか」

「その時期に、俺は都政絡みのイベントでよくそこに出入りしていてさ。都知事とも近いところにいたんだよ。それで、まぁ詳《くわ》しいことは言えないが、そのスキャンダルを巧《うま》いこと誤魔化すのに加担した」

「誤魔化したんですか」

そういうのはやらない人だと思っていたが。

少し驚いて見つめたら、苦笑《にがわら》いした。

「そんな顔するな。別に金のためとか、大人《おとな》の事情とかじゃない。親父さんのためだったんだよ」

「え？」

「豪ちゃんの親父さんがスキャンダルの人身御供《ひとみごくう》にされそうだったんだよ」

「親父がですか」

「文字通りの身代わりだな。よくあるじゃないか。政治家のケツは秘書が拭《ふ》くってな。そんな感じだ。そしたらさ、自分に何かあったらそのまま豪ちゃんもとんでもないことになるかもしれないって親父さんが俺に言ったんだ。豪ちゃんも、そして、豪ちゃんの本当の親もさ」

びっくりした。本当にびっくりした。

「それで、親父はキュウさんに話したんですか」

こっくり、と頷いた。

「親父さんも必死だったんだよ。墓場まで持っていく秘密を俺に打ち明けるぐらいにさ。まぁ俺も一応、豪ちゃんたちといちばん近い立場にいる人間って親父さんに思われていたからな」

「そう、ですね」

そうだ。キュウさんはうちにも来たことあったよな。あれはまだ車でツアーを回っている頃だよな。その最中だったか。本当に近くを通ったので皆で寄ったんだ。

そのときに、キュウさんもいたんだ。ビデオを回しているスタッフと一緒に回っていたっけ。

「だから、広告屋としての力をフルに使って、スキャンダルをもみ消した。どうやったかはもちろん訊《き》くなよ」

「それで、親父の立場も」

「無事だった」

俺と、親のことも表には出なかった、か。

「めっちゃ恩人じゃないですか。キュウさん」

「別に恩を売った覚えはないさ。俺にしたってあのときにお前さんたちがゴタゴタに巻き込まれるのは避《さ》けたかったからな。まぁ、相身互《あいみたが》いってやつだ」

それにしたって。

そんなことが。

キュウさんが、少し笑った。

「でもな、それを親父さんから聞かされて納得したんだ」

「何をですか」

「豪ちゃんのミュージシャンとしての根っこが、どこか他の連中とは違うって感じていたからさ。そうか、それだったのかってな」

根っこ。

そうか、感じ取れるものなのか。

「ミュージシャンってやつはさ、基本てめぇのことしか頭にないんだよ。それが基本なんだ。作曲するにしろ、作詞にしろ、リードギターのリフにしろ、とにかく自分の中にあるものを表に美しく思う形で出すんだよ。そういうものなんだ。だから、ワガママになっていく」

それは、そうかもしれない。

「ところが豪ちゃんは、カメレオンのように自分のワガママの形を変えていくんだ。それは無理に変えるんじゃなくて、曲によって、ステージによって、一緒に演る奴に合わせて変化していく。そこに合わせるんじゃなくて、文字通り変化していくんだ。まるで別人のようにさ」

「そう、ですか」

自分ではわからない。誰かに指摘されて初めて気づくことは確かに多いけれど。

「それ、褒《ほ》められているんですかね」

「褒めてるんだ」

キュウさんが笑う。

「もちろん、見方を変えればブレてるって言い方もあるだろうけどな。でも、豪ちゃんのブレ方は、美しいんだ。それだけで、才能だ」

才能か。

それは、最後まで名乗らなかった父親と母親からもたらされたものなのか。

「恨んだことはなかったか」

キュウさんが言う。

「ない、ですね」

それは、本当だ。

「知ったときに、俺はもう舞台が、俳優というものが、演技ってものが大好きだったんですよ。そういうもの全部が俺の中にあったんですよ。だから、まぁ反発はあっただろうけど、それは反抗期ってやつと一緒ですよ」

今は、この年でまだ抱《かか》えていたら恥ずかしいが。

「素直に良かったなって思えますよ。天才的な俳優の子供で」

☆

こっちの方を走るのは本当に久し振りだった。

「昔はよく走ったよな」

ワンボックスに機材詰め込んで、乗れるだけ乗り込んで、文字通り日本全国を回っていた。あの頃はまだドサ回りなんて言葉もあった。今とは、まるで違う環境だった。ライブをやって、日銭を稼《かせ》いでいた。CDとかアーティストグッズなんてのもほとんどなかったから、ライブの客の入りだけが、入場料だけが収入だった。

よくあれで暮らしていけたもんだと思う。

一時期売れて、その頃の何十倍ものギャラが入るようになっても貧乏性は抜けなかったな。

そんなに広くはない国道五一七号線。確かにキュウさんが言っていたように、走りやすい道だ。そして、景色もいい。

「こんなに雰囲気《ふんいき》が良かったんだな」

運転しているんだからじっくり景色を見てたら事故るが、確かに田舎《いなか》の国道としては完《かん》璧《ぺき》なぐらいに、良い感じの景色だ。

「あぁ、あった」

あれだ。

本当にあったよ。

〈国道食堂〉。

なんてストレートな名前だ。大昔に〈ザ・バンド〉ってバンドがあったけどさ。おんなじ発想じゃないのか〈国道食堂〉って。

俺の通った田舎の小学校みたいな木造の建物。俺たちの時代でもあんな木造の校舎は旧校舎って呼ばれていたよな。実際俺たちが卒業して何年かしたら取り壊されて新しい校舎ができて、俺たちの過ごした新校舎は旧校舎になっていたっけ。

懐《なつ》かし過ぎて涙が出てきそうな建物だ。しかもそれが食堂ってどういうことだ。オーナーはどういう基準でこんな建物を建てて、食堂にしたのか。

駐車場に車を停《と》める。午前十時半。

ちょうどいい時間だ。駐車場に車は四台しかない。まだお昼前で客がほとんどいないから、ゆっくりと店内を見られるはずだってキュウさんは言っていた。

「いらっしゃーい」

白衣を着たじいさんだ。

「どこでも空《あ》いてるところにどうぞー」

のんびりした口調のじいさん。この人が金一《きんいち》さんか。

厨房《ちゅうぼう》の中ではガタイのいい男とおばあさん二人が忙しく調理をしている。あの人が元プロレスラーの十一《じゅういち》さん。そして、従業員の双子のおばあさんか。きっとランチの混雑に備えて仕込みの最中なんだろう。

　そして、店の奥にリングが、ある。

　何もかもキュウさんが言っていた通りだ。動画で見ていたのに実際に現地で眼《め》にしたらちょっと驚いちまったよ。

　思わず、笑みがこぼれた。

　本当に、リングだ。

　プロレスか、ボクシングをやる、リング。

　戦いの場。ステージ。

　昼前のまだ浅い陽《ひ》の光が細長い菱形《ひしがた》になって窓から入ってきて、白いリングのマットを光らせている。ロープの色は、赤だ。きっと長い年月で色褪《あ》せたり汚れたりして朱色《しゅいろ》にも見える。

「向こうでもいいかな？」

　リングの近くを指差したら、じいさんは歩きながら軽く頷いた。

「どうぞー。お好きなところにー」

　リングを真正面から見る位置にあるテーブルまで歩いた。鞄《かばん》を置いて、ジャケットを脱ぎながらリングを眺《なが》める。

こんな間近でリングを見るなんて初めてだ。そもそも格闘技にはそんなに興味もないからな。

「けっこう大きいものなんだな」

素直な感想がつい口をついて出たときに、じいさんがお冷を持ってきてテーブルに置いてくれた。

「初めて見たらそう思うよねー」

「あ、そうですね」

「でも慣れるとね、ちょうどいいなって気持ちになるんだよ」

「ちょうどいい？」

訊くと、じいさんはにっこり笑って頷いた。

「六畳間の部屋って、わかるよね？」

六畳間。

「わかります」

まだ実家に住んでいた頃、自分の部屋は六畳間だった。和室じゃなかったから正確に六畳でもなかったんだろうけど。

「六畳間って、ちょうどいいじゃない。寝るだけだったらさ。布団敷《ふとんし》いて周《まわ》りに小さな本棚とか文机《ふづくえ》とかあったらさぁ。自分だけの空間みたいになってね」

「あぁ」

なるほど。

「わかります」

「このリングの大きさもねぇ。見慣れると、戦うのにちょうどいいんだなって思えてくるんだよねぇ」

「確かに」

「注文決まったら呼んでねー」

じいさんが軽い足取りで離れていった。

ちょうどいい、か。そういうものになっていくんだろう。戦いの場としてだけこの世に生まれ、そして存在し続けてきたリング。

ここで、一人芝居。

「いいな」

ビデオを観たときにも思ったが、いい。隅《すみ》っこにギターアンプがあるけれども、あれはきっとここでライブを演ってる奴らが使っていないのを置いていったのか。そんな感じだろう。

リングなんだから四方から観られるようになってはいるけれど、店の奥側に座れる人数は少ない。あっちを潰《つぶ》して、スピーカーを置く側にしてしまえば楽だろうし、観る方も楽しめる。いくらこの狭い空間で、彼の声がよく通るとはいえ、集音マイクで拾ってやった方がはるかにいい。

イントレ組んでスポット当てることもできるだろう。

このスペースの大きさならイントレのレンタルはしないで、自前の、ライブハウスにある自分のところのものだけで全部賄《まかな》える。持ってくるのはちょいと大変だし、丸三日店を休んじまうけど、何とかなる。

カメラも三方固定で撮りっぱなしで放っておけばいいんだ。

正面だけキュウさんにカメラワークを任せればいい。あの人はイベントで使うものなら何でも扱《あつか》えるしセンスがいい。後で編集すれば充分《じゅうぶん》に観られるものになるだろう。

機材のセッティングは俺だけでも時間をかければイケるけど、やっぱりもう一人は欲しいな。

キュウさんの話じゃ四、五十人は集まるはずだってことだけど、チケットが千円じゃあギャラなんか出ない。俺のギャラだって後払いだ。

光《ひかる》を呼べばいいか。あいつならここの飯《めし》を奢《おご》るだけで来てくれるだろう。バイト代は、俺と同じで後払いだ。

自然と顔が綻《ほころ》んだ。

イケる。

嬉しくなる瞬間だ。

身体《からだ》が熱くなってくる。

あの二方《ふたかた》くんの一人芝居を、何の機材も照明も音楽もなしで素晴らしいものになっている演目を、もっと高みへと引き上げることが、自分の音楽と演出で、できる。

「どうかしたかい？」

後ろから声を掛けられた。振り返ったら、十一さんがニコニコしながらそこに立っていた。

「ずっとぼーっとリングを見てるからさ」

「あぁ、すみません」

苦笑いする。俺のことは伝えておくってキュウさんは言っていた。

「見村豪と言います。山田久一さんから聞いてると思うんですが」

あぁ！　って十一さんが手を打つ。

「ミュージシャンのな！　〈バターサンドマスターピース〉のキーボードの！」

「そうです」

うんうん、って十一さんが何だか嬉しそうに笑って、手のひらをすり合わせた。

「演出をやるって話だけど、どうだい、できそうかい？」

大きく、頷いた。

「行けます」

いいものができる。そんな予感に満ちあふれている。

1st season

橋本卓也

三十一歳　トランスポーター

普通は、停《と》まらないよ。

いくら今夜は集合地に向かう途中で空荷《からに》だからって、このデカイ図体《ずうたい》のトラックを一般道で停めたら後ろが詰まってしまうから。

対向車と擦《す》れ違えなくて絶対に渋滞を起こすんだ。渋滞を起こしてしまったらデカデカと社名が書いてあって、しかも普通のトラックとはまるっきり違うタイプのものだからものすごく目立ってしまって、クレームとかが入ったらものすごく面倒だから。

でも、停まってしまった。

一瞬の判断。

後ろに車はいなかったし、対向車のライトも遠かった。

そして、あの女の子は鞄《かばん》も何も持たないでセーラー服のままで車道の脇《わき》で立ちすくんでいたんだ。長い髪の毛が強い風に煽《あお》られて、今にも道路に飛び出しそうな。いや倒れ込みそうな顔をして。

びっくりするだろう？

時刻は八時。もう陽《ひ》は沈んでいる。気の弱い奴《やつ》なら幽霊でもそこにいたんじゃないかって思うぐらい。実際ヘッドライトに照らされた白いセーラー服を見たときには、一瞬そう思ってしまったんだから。

停められてよかった。きっと一秒でも僕が脇見をしていたら、彼女に気づかずに撥《は》ねてしまっていたかもしれない。

「何してるんだよ！」

車が来ないのを確認して運転席から飛び降りて叫んだ。

「轢《ひ》かれちまうよこんなところにいたら！」

国道五一七号線の始まり。

ここはちょうど道幅が狭くなっているところなんだ。歩道もあってないような部分。人なんか滅多に歩かないところ。いや、歩いていちゃいけない場所なんだ。

バイクや自転車で脇を走られても、運転しているこっちが思いっきり緊張してハンドルを握りしめて絶対にふらつくなよって願いながら追い越しするような箇所。

こんなところを一人で歩いているなんて、いや佇《たたず》んでいたなんて、どう考えても思いっきり事情アリ、だ。

「どうしたんだ！　具合悪いのか⁉」

叫ぶように言っても、女の子は、女子高生は無反応だった。

女子高生だよね？　女子中学生じゃないよね？

「起きてる？」

まさか、クスリとかやってないよね。そんなのはもう完璧《かんぺき》に警察行きだよね。

それよりも何よりもこのままトラックを停めていたら渋滞してしまう。下手《へた》したら事故を誘発してしまう。

「乗りな！」

叫んで車の助手席のドアに飛びついて開《あ》けたら、ようやく反応した。眼《め》を大きくさせた。

「早く！　轢かれたくないだろ？　死にたくないだろ？」

ひょっとしたらこのまま死にたいのかもしれないけどさ。

「これに？」

口を開いた。普通のトラックよりもまだ高いところにあるシートを指差した。

「そうだ。ほら、ここに足を掛けて！　そこを摑《つか》んで！　摑めるか？　自分の腕の力で身体《からだ》を持ち上げろ！」

女の子の身体をこの高いシートに乗せるのにどこを支えていいか混乱しちゃって、お尻《しり》を押してしまった。女の子のキャッ！　とか、アッ！　って感じの悲鳴っぽい声が聞こえたけど、そんなのは今はいいし触《さわ》るつもりじゃなかったからね。

早くトラックを発進させないとマジでクレームを入れられてしまう。マッハで運転席に飛び乗って、発進させた。動かしながらシートベルトをする。

「シートベルトしてくれ。それぐらいわかるだろ？」

女の子をチラッと見ると、前を見ながら眼を丸くしていた。

「高い」

思わず呟《つぶや》いちゃったか。そうだろう。高いだろう？　普通の大型トラックだって初めて乗った人は視点の高さにちょっと驚くんだけど、こいつはその大型トラックよりもさらに十センチばかりシートが高い。

最初に乗ったときには一体自分は何に乗っているのかちょっと混乱するぐらいに、視点が高いんだ。しかもそれが動く。

「どこにも触らないでよ。大人《おとな》しく座ってて」

普通のトラックドライバーじゃなくて良かった。運行途中で勝手に人を乗せたりしたら、会社の規定違反になっちゃう場合が多い。最近はカメラを搭載《とうさい》しているところもあるから、大人ならまだしも女子高生を乗せたなんてのがカメラに映《うつ》っていたら、問答無用で通報とかされちゃうんじゃないかな。

女の子はまだ前をじっと見ている。

その大きな眼に映っているのは何なんだろう。

「家まで送っていくから、住所を言ってくれないかい」

答えない。

「あのままだといつ車に轢かれるかわからなかったから、乗せたんだ。本当なら人を乗せてはいけないんだ」

まぁ僕の場合は乗せてもいいんだけど、そう言っておく。それでも答えない。じっと前を見ている。喋《しゃべ》らない。

「頼むよ。君みたいな未成年をこうやって車に乗せたら、僕は警察に通報されても仕方ないんだ。それぐらいはわかるだろう」

運転しながら懇願《こんがん》するように言ったら、ようやくこっちを見たのがわかった。

「通報」

「そう。警察にね。さっき誰《だれ》かに見られたかもしれないんだ。そうしたらその人が通報してもしょうがないんだ。女子高生が無理やりトラックに乗せられましたって」

「さっき」

「うん？」

「お尻触った」

「触ってない。乗せるのに押しただけだよ」

マジで勘弁《かんべん》してくれないかな。スマホなんか取り出さないよね。いや、ホントにこの子何にも持っていないけど、セーラー服ってスカートにポケットとかあるのかな？

「降ろしていいです」

「いや、だからね」

わかってくれ。

「こんなところを歩いていたら、あんなところに立っていたら轢かれて死んじまうよって。いいかい聞いてくれよ？　君が自殺でもしようとしていたのかもしれないけどさ、撥ねられて死んじまう君はいいかもしれないけど、君を過《あやま》って撥ねちゃった運転手はどうなると思う？　殺人罪になっちゃうんだよ？　その運転手には家族がいるかもしれないだろう。君はひとつの家族を地獄に落とすことになるんだよ？　わかる？」

ドアはロックしてある。

そっちで開けようと思ったって開かないからね。

「そういうドライバーを僕は何人も知ってる。自分の過失ならどうしようもないけれど、他人のせいで不幸のどん底に落とされた人間をね」

　こっちを見ているのがわかる。ちゃんと聞いてるよね。

「そんなつもりは、なかった、です」

「なくても、君はあそこにいた。僕のこの車に撥ねられても仕方ないようなところに立っていたんだ。僕がすぐに気づいたからいいけれど、ちょっと脇見をしていたら確実に撥ねていた」

　後続の車はあまりない。ゆっくり走る。この子の家がどこかは知らないけどどう考えても治畑市《ちばたけ》か、あるいは向こうの錦織《にしきおり》かその辺だろう。あまり遠くへ行ったらそこから戻るのがかなり面倒くさい。

　女の子は、何かを考えている。それは、伝わってくる。考えることができるんなら、まぁとりあえず飛び降りるって騒ぐ心配はないかな。

「せめて名前を教えてくれないかな。呼ぶのに困るから。僕は橋本《はしもと》だ」

　橋本さん、って小さく呟いた。

「小村《こむら》、です」

　よしよし。

「小村さんね。小村なにさん？」

「美也《みや》です」

小村みやさんか。いや、みやちゃんか。

「美しいに弥生《やよい》の弥？」

「いえ、美しいに〈なり〉の也です」

「へぇ」

そりゃ珍しい。女の子なのに也か。

「偶然だね。僕は橋本卓也《たくや》。卓也の也も〈なり〉だよ。意外とこの也を使ってる人って少ないんだよね」

あ、今ちょっと微笑《ほほえ》んだだろ。

「男の子みたいでイヤじゃなかったかい？」

「名前だけ見たら、男の子に間違えられました」

「そうだろうね」

きっと〈よしや〉って読む人もいるよね。

よし、隣から伝わってくる雰囲気《ふんいき》が変わった。もうぼうっとしていない。きっとあの大きな眼に力も戻っている。

「お互いに自己紹介が済んだところで、家を教えてくれないかな。ちゃんと送っていくから」

黙った。

言わないのかー。

すると、家へ帰りたくないのか。それとも、家へ帰れない事情でもあるのか。いや、学校からそのまま飛び出してきたってこともあるかな。制服のままなんだから、その可能性の方が高いのか。しかも何も持っていない。

困ったな。

チラッと見たら、俯《うつむ》いたままになってしまった。

集合地に着くのは別に明日になったっていい。時間の余裕はあるにしても、この車を置ける駐車場があるところは少ない。事情を訊《き》くにしても、運転しながらは向こうだって話す気になれないか。

「おじさんは困っているんだ」

そう言うと、ちょっと笑うような声が聞こえた。

「おじさん、なんですか」

「おじさんだよ。三十一歳だからね。まだ若いつもりだけど君から見たらおじさんだろう。

小村美也さんは、何歳だい。高校生だろう？」

「十七歳です」

「高二？」

「そうです」

高校二年生か。そりゃまぁ多感な時期だよね。悩むことだって多いよね。あー、ひょっとしたらイジメとかが絡《から》んでいるのかな。そういうのは何だか多いみたいだし。

「どこの高校なんだい。教えてもらえるかい」

少し間があった。躊躇《ためら》うってことは、やっぱりイジメかなんかなのかな。それでいろいろあって制服のままで飛び出してきて、あんなところで死んでもいいって考えていたのかな。まぁ辻褄《つじつま》は合うけれど。

「橋本さんは」

「うん？」

「この辺の人なんですか？」

逆質問だね。でもいいよ、答えるよ。

「違うよ。生まれも育ちも東京。東京は葛飾《かつしか》区。寅《とら》さん知ってるかい？『男はつらいよ』の」

「知らないです」

知らないかー。

「まぁいいや。葛飾区柴又《しばまた》ってところだよ。だから、この辺のことを訊かれても地名ぐらいしか知らない。道路は知ってるけれど、高校の名前なんか知らないよ」

それで安心したかな。

「治畑市立東第一高校です」

なるほど、知らないけどやっぱり治畑市の子か。よーしわかった。これでようやくルートを頭の中で検索できる。治畑に戻るルートを考えておけばいいんだね。

「卓也おじさんはね、トランスポーターなんだ」

わざとわかんない話をした。そうすれば食いついてくるだろう。

「トランスポーター？」

来たね。

「トラックの運転手、って言えばそうなんだけどね。でも僕らの業界ではトランスポーター、運ぶ人って呼ぶ職業なんだ。このバカでかいトラックの後ろに積んであるものがわかるかい？」

「わかりません」

この子、美也ちゃん、きっと聡明《そうめい》な子だよな。喋り方がしっかりしている。大人に対して敬語を使うことを自然にやっている。決してバカな子じゃないよ。それはわかる。

「今は空っぽなんだけどね。運ぶのはレースカーなんだ」

「レースカー!?」

「そうだよ、レースカーはわかるだろう。F1とかさ」

「わかります」

興味を持ったかな。

「ああいうレースカーをレース場に持っていくのはさ、まさか公道を走って行けないだろう？　ああいう車は公道を走れないんだ」

「走れないんですか」

「そりゃそうさ。公道を普通に走れる車ってのは、法律でちゃんと検査をして合格した車しか走れない。レースカーはレース場で走るためだけにある車なんだから、そんな国の検査なんか必要ないし、逆に検査しちゃったらレースなんかできない車になってしまうんだよ」

「そうなんですか？」

そうなんだよ。

「三〇〇キロも出す車に許可を出せないだろう？　そもそも公道を走ったらレースカーはあっという間に壊れちゃうよ。そういうふうには造っていないんだから」

なるほど、っていう感じで頷《うなず》いたのがわかった。

「だから、レース場までレースカーを運ぶ専用の車が必要になるんだ」

「それが、この車」

「その通り」

まぁレースカーを運ぶ以外にもタイヤとかそういう部品やメカニック機材を運ぶこともあるけれどね。

「でも」

「なんだい」

「レースなんか、毎日はないですよね。いっつも運んでいるわけじゃないですよね」

「その通りですよ」

「それで、お給料を貰《もら》えるんですか」

なかなかしっかりとしたところに着眼《ちゃくがん》して疑問を持ったね。やっぱり頭のいい子じゃないか。

「契約しているからね。何も運ぶだけが仕事じゃないんだ。レーシングチームの一員として他にも仕事はあるよ。単純に、この大型トラックを運転できる免許を持っている人間が、トランスポーターとして運転しているってことだ」

まぁ他にもいろいろあるけれど、そんな細《こま》かいことを話していてもしょうがない。何とかしてこの子をちゃんとしたところに降ろして、何か問題があるんなら然《しか》るべきところに任せて仕事に戻りたいんだけど。

そのときに、ひらめいた。

そうだ、この先にあれがある。

〈国道食堂〉だ。

あそこはこの辺では唯一《ゆいいつ》このトラックを停められる場所だ。広い駐車場がある。しかも飯《めし》が旨《うま》い。車の中っていう密室じゃなくて、他の人がいるところで話ができる。しかも店主の十一《じゅういち》さんは元プロレスラーって話だ。見た目はごっついけど気さくで楽しくて優しい人なんだ。ドライバー仲間で十一さんにトラブルから助けてもらったって人の話も聞いたことがあるんだ。

ひょっとしたら、いろいろ何とかしてくれるかもしれない。

「お腹空《なかす》いていないかな」

美也ちゃんはすぐには答えなかった。

この短い間の会話で何となくわかったよ。すぐに答えなかったってことは、答え難いことを訊いたってことだ。お腹が空いているんだなきっと。なんたってもう夜の八時を過ぎているんだ。どんなに深刻な悩みを抱《かか》えていたとしても、お腹ってのは空くものなんだ。でもそれを簡単には言えないか。

「おじさんはお腹が空きました。この先の食堂でご飯を食べようと思っているんだけど、一緒にどうかな。奢《おご》るから」

「食堂？」

「そうだよ。知らないかい〈国道食堂〉」

〈国道食堂〉って呟いた。

「なんか、聞いたことはあります」

「めっちゃご飯が美味《おい》しいからさ。何か一緒に食べようよ」

人間腹が減っているとろくなこと考えないからさ。

営業してて良かった。

十一さんがちょっと席を外《はず》しているのはあれだけど、おじいさんが僕のことを覚えていてくれて助かった。セーラー服を連れているのは明らかにおかしいからね。トイレ行くふりをして事情を話したら、十一さんに電話しておいてくれるって。助かったよ本当に。

美也ちゃんはカレーライス、僕はギョーザ定食を頼んだ。そして、美也ちゃんの顔にようやく少し笑顔が戻った。

「美味しい」

「だろう？」

ここのメニューは本当に何でも美味しいんだ。

「僕もそんなに何十回も来てるわけじゃないけどね、いつ来ても何を食べても旨いんだよ。お代わりしてもいいんだよカレーは」

「そんなに食べられません」

また笑った。よし、いいな。やっぱり美味しいもの、温《あたた》かいものを食べると人間元気が出るよね。

店の入り口から若い男の子が入ってきて、こっちを見て来たけど、高校生か？

「こんばんは」

美也ちゃんが、顔を上げてあれっ？　っていう表情を見せた。男の子もニコッと笑って頷いた。

「やっぱり、同じ高校だよね」

「そう、ですね」

「そうなの？」

「たぶん下級生だと思うけど、二年生かな？」

「そうです」

美也ちゃんの先輩か。

「僕は野中《のなか》です。この子と同じ高校です」

「あ、橋本です」

「ここの二階に住んでいるんです」

「二階に」

そんな子がいたのか。ってことは店のおじいさんに聞いて、降りてきたのかな。同じ高校の女の子が来てるって。

「十一さん、用事がもう少し長引きそうなんです。食べ終わったら上に来ませんか？　ゆっくりできる部屋があるので」

上か。二階ね。そうだな。お客さんがいるお店よりそっちの方がいいか。

☆

二階が宿泊所になっていたのは知っていたけど、応接室というか何というか、こんなソファがあってゆっくりできる部屋があるのは知らなかった。まぁ全然豪華じゃないし昔のアパートの管理人室みたいな雰囲気もあるんだけど。

ご飯を食べ終わってから美也ちゃんを連れてきた。一応、自分の高校の先輩がいたってことで安心というか、そんな気持ちになってるみたいだ。僕も仕事に行かなきゃならないってわかっているようだし。

野中くんは、野中空《そら》くんというそうだ。僕がここに美也ちゃんを連れてきた事情はおじいさんから聞いているみたいだ。そこの錦織に住んでいたけど、今はここに部屋があるって。

「引っ越してきたってことかい？」

「そうです。家がなくなっちゃったんです。一緒に住んでいたおばあちゃんが施設に入って、家を売らなきゃならなくなって」

家を売らなきゃならない。ってことは、親は？　きっと僕と美也ちゃんは同時にそんな顔をした。

「僕は」

野中くんが美也ちゃんを見ながら言った。

「親がいないんだ」

いないのか。

「それは、孤児だったとか」

訊いたけど本人が言うのを待つべきだった。違います、って笑顔で言った。

「父親はどこにいるのか、生きているのか死んでいるのかもわかんないんです」

黙って頷くしかなかった。そういう話は、あるんだろうけど。

「お母《かあ》さんは？」

美也ちゃんが、思わずって感じで訊いた。

「母さんは、死んじゃった」

死んだ。

「それはご病気だったとかかい」

「いえ、殺されたんです」

美也ちゃんがどんな顔をしていいかわかんないって顔をした。僕もそうだ。殺されたって。

「何で、とかは訊いてもいいのかな」

野中くんが微笑んだ。

「たぶん、死ぬほど引いちゃう話になるので訊かない方がいいです。僕もそんなに話したいことでもないので」

そりゃそうか。下手に相槌《あいづち》も打てないな。

高校生でそんな境遇《きょうぐう》って。

「それで、いろいろあって、僕の周《まわ》りには誰もいなくなっちゃって、今は、こうやってこの十一さんのお世話になってここに住んでいるんです。たぶん、高校を卒業するまでは。あ、卒業してからも住んでいるかもしれないけど。働きながら」

「〈国道食堂〉でってことかい？」

「まだわからないですけどね。でも、お世話になってる十一さんに恩返ししたいって思ってるから」

何だかもういっぱいいっぱいになりそうなぐらい人生の縮図をぶち込まれてしまった。

しかも高校生の男子に。

「別に、だからどうだって話じゃないんだ」

美也ちゃんの方を見て言った。

「君に何があったのか知らないけど、きっとひどいことが起きたんだと思う。死んだ方がいいかなっていう気持ちは僕もわかる。でも、僕はこうやって生きてるし、学校行きながらここでアルバイトもしてる」

野中くんが、笑った。

「希望なんかないな、って思ったけれど、でも、今はあるかもしれないって思ってる。だって、十一さんもここで働いている金一《きんいち》さんもみさ子さんとふさ子さんも、知り合いになった他の人たちも皆優しいんだ。僕に優しくて、頑張《がんば》って生きようぜって言って、生きてればいいことも楽しいこともあるって。将来を見つけられるって」

美也ちゃんに、静かにゆっくり野中くんは話している。美也ちゃんは、ちゃんと聞いてる。その大きな瞳《ひとみ》が少し潤んでいるみたいだ。

そうか。

何も話を聞くだけが、解決への最初の一歩じゃないってことか。

「そういう話でいいなら美也ちゃん。僕のことも話そうか」

二人が僕を見た。

「死にたくなる気持ちがわかるって言ったけど、そりゃあ若いうちから大変だったけどさ。

僕なんか一回死んだからね」

「死んだ？」

野中くんが言って、二人とも驚いた。

「そう、心肺停止。レース中の大事故で」

二人がパカッと口を開けた。

「レーサーだったんだよ僕は。今はレースカーを運ぶ運ちゃんになっているけど、前はレーサーだったんだ。でも、事故っちゃってさ」

本当に、一回死んだんだ。

「花畑は見てないけどね。やっちまったって思って身体がレースカーごと宙を舞って、次に気づいたときにはそれから一ヶ月も経《た》っていた」

「一ヶ月」

「後から聞いたら、一回死んでそれから蘇生《そせい》して、でも身体中の骨が折れたり砕《くだ》けたりしていて、それを手術で治《なお》してもそのまま昏睡《こんすい》状態になっちゃってさ。医者からはたぶんこのままじゃないかって言われて皆が諦《あきら》めていたのに、一ヶ月経ったある日に、眼が覚《さ》めちゃったんだ」

「すごいですね！」

野中くんがすっごく嬉《うれ》しそうに言う。いや本当にすごいと我ながら思うよ。

「でも、結局いろんなものがダメになっちゃってさ」

「いろんなもの」

美也ちゃんも訊いてきた。そう、いろんなもの。

「まぁ反応速度や運動機能や、ざっくり言えばそういうものが前の状態には戻らなかったんだよ。レーサーとしては致命的なところがね。だから、クビになった。レーサーとしてはね」

「え、でも今トランスポーターをやってて」

美也ちゃんが思わずって感じで外の方を指差した。

「そう、リハビリした」

「リハビリ」

「何としても、レースの世界にいたかったんだ」

そこが自分の居場所だと信じていた。そこで生きていくためには何でもやるって思っていた。

「だからさ、必死で訓練した。動かない足が動くようになった。反応しなかった腕が動くようになった。回らなかった首が回るようになった。普通の道路での運転ならまったく支障がないぐらいに、復活させた」

野中くんが、すげぇ、って小声で言って笑顔になった。

「それでもレーサーには戻れなかったんだけど、それから大型車や特殊車両の免許も取った。そこなら自分もレースの世界にいられるって思ったからさ。だから、今はトランスポーターとして働いている」

我ながら、頑張ったなって思うよ。

「まぁ病院のベッドで目覚めて身体がまるで動かなかったときには、あのまま死んじまった方がマシだったんじゃないかなぁって思ったこともあったけどね。諦めなかったのはちょっと偉かったかな、って。自分で自分を褒《ほ》めちゃうけどね」

「それは、本当に偉いって思います」

「そうかい？　ありがとうね」

「いくつぐらいの年に、レーサーになろうって思ったんですか」

高三なら自分の将来について考える頃だよね。

「僕はもう子供の頃から車が好きだったんだ。だから、子供の頃からカートに乗ってた。見たことないかい？　子供があの遊園地のゴーカートみたいなのでレースするの」

「あります」

「そういうのをやっていたんだ。だからもういつからっていうか、気がついたら車好きでレース好きだったんだね」

そういうのって、人それぞれだろうけどさ。美也ちゃんは真剣に話を聞いていたよな。

「好きなものがあるってのが、大きいかな。美也ちゃんはどうだい」

「私？」

「好きなものはある？」

好きなもの、って小声で繰り返した。

「好きなものがあったらさ、それを失いたくないな、って思うよね。死んじゃったらもうその好きなものを好きでいられないんだからさ」

偉そうなことは何も言えないし、大した人間でもないけど、それは胸張って言えるな。

パン！　って大きな音がしてびっくりして見たら、十一さんが手を打ちながら部屋に入ってきた。

「お待たせ」

ニッコリしながら、十一さんが言う。

「何か話が盛り上がってるかな。君が、道路に佇んでいた女子高生か。話は聞けたのか？　空」

「いや、まだ何も。僕や、この橋本さんの話をしてました」

苦笑いしてしまったよ。

「身の上話を、高校生にしてました。年甲斐《としがい》もなく」

「いやいや、ありがとうな。誰かと思ったけど、あのトラック見て思い出したよ。悪かったな留守にしてて」

それで？　って十一さんが優しく微笑んで、美也ちゃんを見た。

「お嬢さん、俺が君のためにできることは何かあるかい。美味い料理と力仕事は任せてくれよ。あと、乱闘もな」

1st season

蓑原顕司

六十七歳　俳優

道に迷っていた。

迷っているというより、あまり考えて走ってはいなかったし、迷ったからって困ってもいない。たぶん東京の方には向かっている。それは間違いない。どこかに停《と》まって地図を広げようかとも思ったが、走っていればどっかに道路標識が出るだろう。神奈川のどっかにいるんだから東京方面の矢印も出るだろう。それに従って行けば、いつかは着く。東京のどこかに辿《たど》り着く。

どこかに辿り着きゃあ、五十年以上暮らしている街だ。杉並区の自分の家へ帰れるはずだ。ナビがあれば一発だろうと今は言うが、配達の仕事でもない限りナビに頼らなければならないことなんかそうそうないんだ。そもそもこのフェアレディZに、初代だからクラシックカーになっているこれにナビなんかついていない。

ほんの十年、いや二十年か？　それぐらい前にはナビのナの字さえなかった。それでも皆、ちゃんと運転して目的地に着いていた。タクシー運転手なんかは道を熟知《じゅくち》していることがあたりまえだったはずだ。それが今じゃあナビ入れていいですか？　なんて訊《き》いてくる連中も多い。まぁ、便利になるのはいいことだろうけどな。

「それはそれとして」

腹が減ってきていた。

どこかのコンビニで何か買って車の中で食事を済ませるというのは、味気ない。もちろん、今のコンビニの弁当やら何やらも、そこらの貧弱な飲食店よりも旨《うま》いものがある、というのは承知の上で、だ。レンジでチンして温《あたた》かいものが食べられるとしても。

何よりも、俺がコンビニの駐車場で車の中で何かを食べていたら、誰《だれ》かが見つけるかもしれない。

〈蓑原顕司《みのはらけんじ》がコンビニ弁当食ってた〉

って感じで写真を撮られてSNSとかに上げられるかもしれない。

それはそれで安っぽくてバカっぽくていいんじゃないかとは思うし、俺のイメージにも合うとは思うが、あまりみっともも良くはない。

若い連中にはまったく知られていないだろうが、四十代以上の人にはまだまだ一発で顔がバレる。ハラケンじゃないか、ってな。

この間、若いヘアメイクの女の子と話していたら言っていた。

ハラケンさんが銀座歩いていたら騒がれますけど、原宿竹下通りなら騒がれずにフツーに歩けますよってな。

笑ったよ。失礼な言い方だが、その通りだなと。実に的確な指摘だと感心したよ。

俺はもう売れていない役者だ。

売れてる売れてないの基準がどこかって話になるが、今現在も多く媒体《ばいたい》に露出しているかしていないかで言えば、ほとんどしていない。

それはつまり、あまり売れてない役者ってことだ。正確に言えばかつては大スターとも言われたが、今はほとんど映画やドラマにも出ていない。出ていないからって昔の実績が消えるわけじゃないが、知らない若い連中にとってはどうでもいいっていうか、なにそれって話だ。

まぁそれでも食《く》うには困っていないんだが。

テレビドラマでも一本やればそこらの若手俳優の何倍ものギャラを貰《もら》える身だ。ギャラだけは高いから余計に使われなくなるってのはあるんだろうがな。そこはしょうがないよな。ギャラ安くてもいいから使ってくれってのは、言えない。

そんなことをしたら、俺の後からやってくるだろう年下の役者連中のギャラにも響《ひび》いてくるんだ。

俺みたいなベテランでかつての大スターのギャラもこんなものなんですよってな。そりゃあ、ちょっとかわいそうだろうって話だ。別に金持ちになりたくてやってるわけじゃないが、夢を見させるのが役者だろう。夢を演出するには、当然のように金が掛かるんだ。

でも、そんな時代でもないのかもしれないがな。

役者や歌手が、舞台に上がっているスターが夢を見させる時代なんか、とっくに終わっちまったのかもしれない。それに気づかないで未《いま》だにそれこそ夢を見ているのが、俺たちみたいな年寄りなのかもしれない。

同じぐらいの年齢で、俺と同じ頃《ころ》から出ていて、今も大スターって呼べるのは近藤寛樹《こんどうひろき》ぐらいか。あいつは、根っこが新劇だからな。演技派として、重鎮《じゅうちん》として扱《あつか》われる。俺のようなチンピラみたいな若いのが歌手になって、その後劇団に入って俳優を始めたのとはわけが違う。心底俳優って呼べる奴《やつ》だ。

それでも、今もたまにプライベートでも会ったりするのは近藤さんぐらいだよな。あの人は、本当に人格者だ。人格破綻《はたん》してるのはけっこうあたりまえっていう役者の中でも、本当に珍しく、まともでいい男だ。そういや最近連絡を取ってないな。

「うお？」

ノッキング？

なんだ？

突然、フェアレディZの機嫌が悪くなった。

止まった。エンジンが。


「まいったな」

エンジンがいかれたとは思えない。

つい一ヶ月前にガレージできっちり点検してもらったばかりだ。そもそもエンジンは新しいのに載せ替えているから、そんなにやわなもんじゃない。

「ってことは」

ひょっとして、ガス欠か。

「メーターが壊れていたのか」

そうとしか思えない。前にも一度あったんだ。メーターでは半分あったのに、スタンドで入れたら満タン分のガソリンが入ったことが。

周《まわ》りを見回した。二車線もないだろうっていう細い道の周囲はほとんどが民家だ。その向こう側に畑も見える。山の方にあるのは田んぼか。農家もたくさんあるってことか。川沿いの小さな集落って感じのところだ。

きれいなところだ。まだ夕暮れには早いが、きっとここの夕焼けは美しいだろうと思わせる山あいの、そしてきれいな川が流れる小さな集落。

春の桜も、新緑の頃も、紅葉の時期も、落葉の季節もいつでもとんでもなく風情《ふぜい》のある景色を見せてくれるんだろうとわかる。

でも、人っ子一人歩いていない。まぁ田舎《いなか》町はそんなもんだろうし、民家を訪ねてガソリンを分けてもらうわけにもいかないか。

ガソリンスタンドはどこまで歩いたらあるんだ。

「お」

自転車の少年がいる。

「おーい！」

叫んじまった。少年が止まって、こっちを見て、すぐに方向転換して来てくれる。助かった。

「何ですか？」

「悪いね。ちょっとガス欠になっちまってさ」

「ガス欠？」

あ、知らねぇかそんな言葉。

「ガソリンがなくなっちまったんだよ。ガソリンスタンドって、どこにあるか知ってるかな？」

あぁ、って顔をする。

「国道沿いにありますけど」

国道か。それはどっちだ。

「歩いてどれぐらい？」

ちょっと首を傾《かし》げて、振り返ってからこっちを見た。

「歩いたら、たぶん一時間以上掛かるような気がします」

気がするか。そうだよな。そんなところに歩いて行ったことないだろうからな。とにかくそれぐらい遠いんだな。往復二時間か。しゃあねぇな。

「そうか。国道はあっち？」

「そうです。あそこの橋を渡って、ちょっと行くと国道五一七号線です。左に行くとガソリンスタンドありますけど」

そう言ってから、ちょっと考えたな。

「あの、スタンドまで行かなくてもガソリンありますよ」

「どこに？」

「〈国道食堂〉です」

〈国道食堂〉？　なんだそのネーミングは。

「国道に食堂があるのかい」

「あります。たまにガソリンがないんだっていう車が来るのでいつも置いてあるんです。そこなら、自転車で十分ぐらいです。僕これから帰るので取ってきましょうか」

ひょっとして携行缶にでも入れてガソリンが置いてあるって話か。そいつは助かるし、良い子だなこの男の子。中学生、いや高校生か。俺のことなんか知らないだろうな。今、帰るって言ったか？　そこに住んでるのか？

「ありがたいけど、取ってきてもらうってのは、いくらなんでも悪いな」

車はさっきからまったく通らない。

「ここに車停めておいても大丈夫かな」

「たぶん、大丈夫です。途中に、あそこに駐在所があるので二階堂《にかいどう》さん、お巡《まわ》りさんに言っておけばいいと思います」

二階堂さんね。それがお巡りさんの名前ってことだな。田舎の駐在所だから地元の人は皆知ってるってことか。それなら、大丈夫だな。ちょっとばかしの路上駐車ぐらい、ガス欠なんだから許してくれるだろう。

「自転車で十分ってことは急いで歩けば三十分かそこらで着くんじゃないかな。悪いけど、先に行って言っておいてくれないかな。ガソリンを分けてくれって」

「わかりました。いいですよ」

走り出そうとするので慌《あわ》てて訊いた。

「あ、そこの食堂のオーナーの名前は」

「本橋十一《もとはしじゅういち》さんです！」

言うや否《いな》やあっという間に自転車が遠ざかっていく。若いな。いいな。

「本橋十一」

どっかで聞いたことあるような名前だが、どうだったかな。自転車で走っていった若者の後ろ姿を見ていたら、ミニパトが停まっている小さな箱も見えた。

あそこか。駐在所は。

送ってもらっちまったよパトカーで。

二階堂さんに。交番のお巡りさんに。

警察にはいろいろお世話になったもんだが、まさかガス欠のところを助けてもらえるとは思わなかった。ガス欠の車をちょっと置いといて〈国道食堂〉に行くからすみませんねって言いに行ったら、じゃあ送ってあげますよって。

これも、〈蓑原顕司〉だからだよな。

ありがたい。

「携行缶持って帰ってくるのはきついでしょうから、また車のところまで送りますよ」

「いや、お巡りさん、いくらなんでもそれは本当にもうしわけない」

本心から言うと、二階堂っていうお巡りさんはにっこり微笑《ほほえ》んだ。

「パトロールのついでだし、どうせ帰ってくるんだからいいですよ」

聞けば〈国道食堂〉ってところには一日に二回ぐらいパトロールに回るってんだ。この辺じゃ唯一《ゆいいつ》の人が集まるところなのでそうしているんだとか。なるほどね。地域の安全を守る駐在所ってのは、そういうこともするのか。

刑事役をやったことはある。もう大昔の話だけどな。まだ俳優の仕事に片足突っ込んだばかりの頃だったから、役作りのために本物の刑事さんに話を聞きに行くとか、そんなこともしなかったな。

駐在所の警官役ってのはいいよな。あの人がやっていたよなそういうドラマ。でもこの年になるともうそれは無理か。定年退職しちゃっているよな。

「今日はどうされたんですか」

「いやぁ、甲府の方でのドラマのロケがいろいろあって中止になっちゃってね。東京までいったん帰るところだったんですよ」

これはもちろん見栄《みえ》でも何でもなく本当だ。

「こんなところを通って東京にですか」

二階堂さんが訊いてくる。

「いや、ちょっとばかし迷っちゃってね」

「お一人で？」

「俺はいつも一人なんですよ。移動も何もかも」

そうなんですか？　って驚く。

「マネージャーさんとかはいらっしゃらないんですか」

「いないんですよ。以前はいましたけどね。今はもう一人で全部やっているんですよ。だから移動もこうやって自分で運転して」

「そうだったんですか」

自業自得って部分もあるんだけどな。どこの事務所も俺を拾おうとしない。まぁそれ以前に信用していたマネージャーに裏切られて、もう誰も信用できないから自分でやるってのもあったんだけど。

「ところで〈国道食堂〉って、食堂なんですよね」

「そうですよ。食堂です。何でも美味《おい》しいですから、ガソリンを入れたら食事していくといいですよ」

「お巡りさんもいつもそこで？」

「いつもではないですけど、頻繁《ひんぱん》に食べていますね。ここに赴任《ふにん》してきてから何年も通っていますけど、飽《あ》きることはないです。お世辞抜きで、美味しいんですよ」

「へぇ」

そこまで言うんなら、本当に旨いんだろう。さっき感じた空腹が急に大きくなってきた気がする。

「そういえばさっきガソリンがあるって聞いた高校生の男の子」

「あぁ、野中《のなか》くんですね」

野中くんと言うのか。良い子だったが。

「食堂をやってるのは〈本橋十一〉さんだって言っていたんですけど、どこかで聞いた名前のような気がするんですけどね」

うん、と、二階堂さんは頷《うなず》いた。

「元プロレスラーですよ。〈マッド・クッカー〉本橋十一」

あ。

「そうか！」

そうだそうだ。レスラーだ。マッド・クッカーだ。

「会ったことありますよ。本橋十一」

もう二十年以上も前だったと思うが、プロレスのレフェリーの役をやったことがある。そのとき、ドラマにたくさんのレスラーが出ていたんだ。ほとんど台詞《セリフ》のないエキストラみたいなものだったが。

本橋十一は、本人役で台詞《セリフ》のある役柄だった。素人《しろうと》なのに存在感があって、さすが一流の人間は違うと感心していたんだ。

「そうですよね。私、そのドラマ観ていましたよ」

「それはどうも」

視聴率はそれほどでもなかった。だからドラマとしてはあまり話題にはならなかったように記憶しているが、脚本もスタッフも良く中身の濃い良いドラマだった。満足していたのを覚えている。

そうか、あのレスラーの本橋さんか。ってことは、引退でもして、今は食堂をやってるってことか。

☆

驚いたね。食堂の中にリングを置いたってんだから。笑っちまった。そして嬉《うれ》しくなっちまった。

ドラマじゃないか。

引退して実家の食堂を継いだレスラーが、その食堂の一角にリングを置いたんだ。そしてそのリングは今はいろいろなライブをやるステージになってるんだ。

嬉しくて笑っちまうじゃないか。

ずっとニコニコしながら俺は飯《めし》を食っていたよ。リングを眺《なが》めながらさ。傍《はた》から見たら気持ち悪かっただろうな。

そういうのだよ。

人生は、ドラマだ。劇場だ。

誰の人生でも一生懸命《いっしょうけんめい》生きてる奴なら何もかもがドラマになって、そいつは主人公なんだ。平凡だと思ってるだろうが、学校行って、卒業して、就職して、ひょっとしたら結婚して家族ができて。もうそれだけで充分《じゅうぶん》にドラマチックじゃないか。

その中に、たくさんの人の普通のドラマの中に、こういう一際輝くドラマが、人生があるんだ。

そして今度は、このリングに新しいドラマが生まれるっていうじゃないか。営業マンをやってきた男が、一人芝居をやるってさ。

「一人芝居とはね」

「いい芝居なんですよ」

俺の向かい側に座った十一さんが笑顔で言った。

「もちろん俺は素人ですけど、見入っちまったんですよ。心が動いちまった。そして、あいつがもっと凄《すご》いところへ行くのを見ていたいって思ってね。できることは何でもしてやろうと思ってましてね」

二方将一《ふたかたまさかず》くんって男だそうだ。

チラシを見たが、いい男だ。どういう人生を送ってきて、ここで十一さんと再会したかも聞いた。

「いいですね」

いいと思った。

　素人が、高校演劇しかやったことのない男がここでリングに出会って、再び演技への情熱を取り戻すためにリングに上がって、そして十一さんのような酸《す》いも甘いも嚙《か》み分けた男を、プロとして客を熱狂させてきた人を感動させる芝居をやったってんだ。

「それは、観たいですね」

「来ますか？　席を取っときますよ」

　十一さんが嬉しそうに言うが。

「いや、芝居の練習って、今日はやんないんですか」

「練習ですか」

　十一さんが上を見あげた。本番まで二階の宿泊所で暮らしているって言っていた。

「たぶん、しますよ」

「俺も、今晩泊めてもらえませんか。その二方くんには内緒にして」

　今すぐに観たい。

　その彼の一人芝居を。

　おもしろいところだ。この〈国道食堂〉は。

　食堂の上は簡易宿泊所で、しかもそこには店主の十一さんや従業員や、そしてあの野中くんっていう高校生まで住んでいる。そこに女子高生ももう一人いるそうだ。なんだか合宿所みたいになってきたって笑っていたな。

詳《くわ》しくは訊かなかったしあまり他人には言えないそうだが、その野中くんもなかなかキツイ人生を歩んでいるそうだ。そんなふうには見えなかったが、それもその子の資質ってもんなんだよなきっと。

乗り越えられない試練を神は与えない、なんて言葉があって俺はクソったれみたいな言葉で嫌いだったんだが、まぁある意味では正解だよなって最近は思うんだ。

キツい人生に巡《めぐ》り合っちまう奴ってのは、それをキツいなんて思わないんだよ。思っちまう奴は大《たい》してキツくないのにそう感じちまうんだ。

温泉まである。

入りたかったが、二方くんの練習を見る前に会っちまったらちょっとあれだろうから、借りた部屋で窓の外を眺めながら、煙草《たばこ》吹かしてじっとしていた。

いいところだ。景色がいい。俺は街の生まれだし、都会で育ったからこんな田舎には住めないだろうが。

「いや」

どうだろう。

あと何年かで死んじまう身だ。そもそも俺はもう七十に手が届く老人だ。いつポックリ逝《い》っちまってもおかしくない。だから余命数年って言われちまっても、あぁそうかって思っただけなんだが。

「これも悪くないか」

田舎で、誰にも迷惑掛けずに、静かに暮らしてそれで死んでいく。


そっと椅子《いす》に座った。リングの上の蛍光灯は点《つ》いているが、店の方は消えている。もう営業は終わっている。誰かがこっちに座ったとしても二方くんは気にしないだろうって十一さんは言っていた。いつも自分や、上に住んでいるおじいさんやあの高校生かもしれないって思うだろうって。店に寄ったトラックドライバーがカップ麺《めん》のお湯を入れに来ることもあるそうだ。

リングに上がる寸前に、演技に入ったのがわかって思わず頷いちまった。こいつは本物だって。

いい役者は、瞬時に切り替えることができる。二秒前までバカ話をしていても、本番入ります！　の声で役に入り込めるのは本物だっていう証拠なんだ。

リングに上がっていく。

声を出す。

俺なんかよりもずっと通る声だ。発声の訓練なんかろくにしてないだろうに、こいつはそのまま舞台役者にだってなれるぐらいの声をしている。

眼《め》を瞠《みは》る。

手の動き、足の位置、身体《からだ》の使い方、間の取り方。

何もかもが、一流の役者のものだった。きっと近藤さんでもこれを見たら嫉妬するぐらいに。

二方将一。

お前がここに立つまで、その時間が必要だったんだな。

父親を早くに亡くし、弟妹のために進学を諦《あきら》め営業マンとして働き、十一さんとここで再会する道程《みちのり》が必要だったんだな。

遠回りじゃない。そのルートこそがお前さんが俳優へと辿り着くためのものだったんだな。

二方くんよ。

俳優の大先輩である俺は、ついこの間、肺ガンだって言われちまったんだ。手術もできない箇所だってさ。この先は薬物治療しかできないし、それも治《なお》るかどうかはわからんってさ。延命できるかできないかって感じだってな。

余命は、先生の話じゃあもって二年か三年。同じ病《やまい》で中には五年生きた人もいるし治っちまったっていう症例もあるらしいが、それは奇跡みたいなものらしい。奇跡を期待するしかないってさ。

三回結婚して嫁には迷惑掛けっぱなしで、そして全員に逃げられた。

子供もいない。

代表作はたぶんある。

名は遺《のこ》したと思う。

けれど、まだ心も頭も身体も動く。

そして、できることはまだある。

奇跡なんか期待しない。


「蓑原顕司さんですか!?」

リングの上で、素に戻った二方くんが驚くようにして言った。

知ってたか俺のこと。

微笑んで、頷く。

二方くんは少し戸惑うような表情を見せて、ゆっくりリングの脇《わき》にある階段から降りてきた。

「すまんな。勝手に練習を見せてもらった」

「あ、いいえ」

笑みを浮かべているが、その笑みがいい。そしてただの男に戻っても、その佇《たたず》まいもいい。なるほどこれは素人じゃない。いや、素人には違いないんだろうが、大勢の人の前で仕事を行う素質を持った人間だ。それは間違いない。優秀なルート営業マンだっていうのも、納得だ。こんな男に真面目《まじめ》にお勧《すす》めされたらどんなものでも買っちまいそうだ。

いわゆる、舞台映《ば》えする男ってやつだ。そこに立つだけで存在感を感じさせて、そして見る人に期待感を持たせる。

いるんだよな、そういうのを持って生まれる奴が。

俺と同じようにさ。

「どうして、ここに」

「たまたま、というかね」

偶然というか。

「飯を食いに寄ったら、十一さんに君の話を聞いたんだ。ちょいと興味を持ってさ。練習するってんで見させてもらったんだ」

「あ、十一さんとは前にドラマで」

「そうそう」

偶然ってのは、あれなんだよな。生きている中でものすごい数のものがあるのさ。何にも気づかない偶然っていうのもあるし、気づいてもどうでもいい偶然もある。その人の身の回りで起こる出来事なんてのはほとんどが偶然の積み重ねだ。

その中で、そいつの人生を決めるような偶然ってのも、確かにある。それに気づいて生かせるかどうかもそいつ次第なんだけどな。

俺のデビューだって、本当に偶然だった。あの日俺があそこに行かなきゃ、何にもならなかったんだ。

二方くんが、少し首を傾げた。

「どうでしたか、って訊くのは失礼ですか」

「失礼なんてこたぁないよ。おもしろかったよ」

本当にだ。

「実を言うと、こんな一人芝居を真面目に観たのは片手で数えるぐらいしかないんだけどな」

それでも、わかる。

この配置薬のルート営業マンだっていう男は、俳優になれる。それも、一流のだ。

「これは完全にオリジナルなのか？　何かの焼き直しとかじゃなくて」

「そのつもりです。ひょっとしたら今までに見た何かに影響を受けているかもしれませんけれど、ホンは全部自分で書きました」

「そりゃ凄い」

脚本家の才能もあるってことだ。もちろん、演出家としても。

「何でも音楽と照明もつけるって話だけど？」

嬉しそうに微笑んで頷いた。

「ここの常連さんでたまたま詳しい人がいて、その人の厚意で」

「そうか」

そういう人の縁を持ってるってのも、そいつの才能のひとつだ。

「あれだよな。今のはラストシーンまでやったよな？」

「はい」

突拍子もない話じゃない。中年男が、突然舞い込んできた手紙に自分の人生を振り返るのが発端だ。

「自分のまだ若い頃に、死んだと思い込んでいた年上の初恋の人と再会して、そしてその頃の誤解も解けて、新たな人生を歩み出す予感を感じさせて、終わったよな」

「そうですね」

良いラストシーンだった。俺が言うとなんか似合わないって思われちまうが、俺はハッピーエンドが好きだ。

それも、ベタベタのハッピーエンドが。

「あの後があってもいいと思わないか」

「あの後？」

二方くんが、ちょっと眼を細めた。

「主人公が新たな人生を歩《あゆ》み出す予感から、そうだな、三十数年後か。六十七歳になった老人がそのリングに立つんだ」

「えっ」

「身長はいくつだい」

「百七十八センチぐらいです。しばらく測っていませんけれど」

「俺は、百七十五センチだ。縮んだって思えばちょうどいい。体重は？」

「六十二でしたけど、これをやるので少し鍛《きた》えて絞りました。六十切ったぐらいだと思います」

「俺も六十二ぐらいだ」

いや近頃もう少し減ったかもしれない。年取ったからだと思っていたんだが、病気のせいだったんだよな。

「この通り、俺と君はスタイルはそんなに変わらない。顔はさすがに似ちゃいないが、顔の形はそんなに違わない。俺が二方くんの老人になった姿としてリングに立っても違和感はないだろ。どう思う?」

「どうって」

少し考えた。

俺を見ていたその眼の光が少し変わったよな。いい眼だ。

「確かに、違和感はありません」

「だろう?」

きっと、いける。

「俺に、立たせてくれないかな。このリングに。君の芝居が終わった後、十分、いや、五分でいい」

蛇足《だそく》にならないようにするには、それぐらいでいい。

「この一人芝居のエピローグをつけさせてくれないか。この俺に」

俳優蓑原顕司の、最後の、一人芝居だ。
そして、俳優二方将一が始まるリングを、彩《いろど》らせてくれないか。

1st season

本橋十一

五十七歳

〈国道食堂〉店主（元プロレスラー）

田舎《いなか》の国道沿いにある食堂だ。

近くに住宅もオフィス街なんかもほとんどない。小さな集落と木材関係の工場が少しあるぐらいで、車がないと絶対に来られないような場所だから毎日ランチに通ってくれるような常連ってのはうちには少ないんだ。

その代わりに、ここを通ったら、週に一回とか月に二回とか、かならず寄ってくれるようなドライバー連中はけっこう多い。そういう意味ではそいつらが常連さんだ。

そういう常連さんのドライバー連中から、ちょっと預かっておいてくれないかって頼まれることがけっこうあるんだ。

別にヤバい荷物とかじゃない。もちろんそんなのは受け付けないさ。いくら俺《おれ》がガタイのいい強面《こわもて》の男だからって間違ってもらっちゃ困る。俺は元プロレスラーっていうだけで、至極《しごく》真っ当な人間だよ。

預かってほしいって頼まれるのは、たとえば、最近なら煙草《たばこ》だ。

煙草は止《や》められないが、運転中はもちろんトラックの中では禁煙なので吸えない。家に持って帰っても母《かあ》ちゃんに止めろって怒られる。早死にして自分と子供たちを路頭《ろとう》に迷わせたいのかってな。ましてや会社でなんかはもっての外《ほか》ってんで、うちに来たときだけ、つまり飯《めし》の休憩のときだけ吸っていく連中がけっこういるんだ。

うちもこのご時世《じせい》なんで、店の中は、特に忙しい昼時と晩飯時は基本的には禁煙だ。煙草を吸いたい奴《やつ》は外と中に喫煙場所がひとつずつあるからそこで吸うことになる。それで、吸った後に煙草を預けていく連中がいる。

電子煙草は別だけど、普通の紙巻き煙草ってのはあたりまえだけど封《ふう》を切って放っておけばどんどん葉っぱが乾燥していくんだよな。

そして煙草飲みならわかると思うけど、乾燥し過ぎてカサカサになった煙草ってのは不味《まず》いんだよ。あんまり旨《うま》くねぇんだ。

葉巻《はまき》を吸ってる奴はそうはいないだろうが、あの葉巻を入れる箱。映画なんかで見たことあると思うけど、あれって実は湿度を保つ仕組みになってんだよな。ちゃんと水を吸い込ませたものを入れておいて、葉巻が、つまり煙草の葉っぱが乾燥し過ぎないようにしてんだ。

なので、うちで煙草を預かってほしいって言われたらちゃんと木製の箱に入れとくようにしてる。その中に煙草の乾燥を防ぐよう、器具を入れておくんだ。ヒュミドールってんだよな。俺も煙草を預かるようになってから知ったんだけどな。要は水を吸い込む石みたいなのが入ってんだ。それを水ん中に沈めてしばらく放っておくと水を吸う。そいつを箱ん中に入れておけば、まぁ四、五日はしっかりと箱の中の湿度が保《たも》たれてるってわけだ。これ、普段でもやっておくと煙草の味が全然違うんだぜ。世の中いろいろ知らないことは多いよな。

他にも、いろいろと預かることがある。レスラーやってた頃《ころ》には思いもしなかったけど、人間ってのはおもしろいよな。いろんな人がいるよな。

本を預けていく奴がいるんだ。

分厚い本をさ、ここに来たときに飯を食いながら読んでいくんだ。そして帰るときに預けていく。何でそんなことするのかって理由は、訊《き》いたことがない。まぁそうしたいんだろうなって思うだけだ。本を置いとくだけだから別に迷惑なことじゃあないからいいんだ。それで、うちに来て本を読む間に飯を食ってってくれるんだからいい。あいつも長くトラックドライバーやってるから、たぶんもう二十冊ぐらいは預かったよな。

預かって読み終わった本を何冊か貰《もら》っているぜ。二階の休憩室に置いてあるから、俺もたまには読むさ。

スーツを預けていく男もいたな。

そいつもトラックの運転手だ。スーツなんか着るのは冠婚葬祭ぐらいだろうに、そいつはお洒落《しゃれ》な高そうなスーツを預けていくんだ。

もちろん、うちでスーツに着替えてどっかに行くんだよ。そのときには普通の車で来るんだが、ありゃレンタカーだったよな。悪いことしてんじゃねぇよな？　って確認したから大丈夫だ。人様に迷惑を掛けるようなことじゃないって言ったから、俺もどこに行くとか何にも訊かなかったけどな。スーツを置いとくぐらいなら、どうってことはないからな。飯の匂《にお》いがつかないように二階に持っていくだけだ。さすがにスーツは貰っても俺は着られないからいらないけどな。

そうそう、これはまぁかなりレアなケースだろうけどさ。

ぬか床を置いていった奴もいたよ。

今時ぬか床かよってな。

何でもいろいろ事情があって自分の家がなくなっちまったらしい。それはすごい大事《おおごと》だけど、仕事はあるから何とかなるって言ってたな。

それで、家がなくなって、ばあさんの代から大事にしていたぬか床を置いておくところもないんだって言ってな。ここに置いてくれないかって言ってきたんだよ。台所っていうか厨房《ちゅうぼう》が広いから何とかしてくれないかって。

これもな、確かに厨房は広いし食材はたくさん置いてあるし、漬かった野菜はそのままうちの食堂で使ってもらってもいいって言うからさ。そりゃあ旨いぬか漬けを出せるんなら、むしろそのぬか床を買い取って金を払ってもよかったんだけどな。それは勘弁してくれってさ。

ちゃんと働いていつかまた自分の家を持って、そのときにはぬか床を引き取りに来るってな。そう言ってたよ。それまでの間、うちでは旨いぬか漬けが食える。なくなったときのために、うちでも新しいぬか床を作ろうって話して、作ったけどな。

しかしまぁ子供を預かるとは思わなかったよな。

しかも高校生を二人もさ。

空《そら》は、まぁ前からな。知ってたし事情もわかっていたからあれだけど、まさか同じ高校の女の子も預かることになっちまうとはね。しかもその子も、小村美也《こむらみや》ちゃんもドライバーが道路で拾《ひろ》って連れてきてうちに預けたんだからな。どんだけトラック野郎はいろんなものを預けるんだって話だよな。

空は、もう自分で自分のことを考えられる男でしっかりしているからいいとして、美也ちゃんはな。

子供は、親を選べないってのは、その通りなんだよな。ひでえ親は、昔っからいるさ。俺の親は、いい親だったよ。貧乏だったけどさ。そういう意味じゃあ今風に言えば底辺《ていへん》の暮らしだったよ。幸いにも食堂だったから飯だけはしっかり食えたけどな。

ちゃんと子供を育てるだけましだって話もあるけどよ。育てりゃいいってもんじゃないよな。親がおかしな宗教にハマって、子供にもそれを強制して、子供はどうしようもないよな。何にもわからねぇガキのうちは親についていかなきゃ生きていけねぇんだからさ。

美也ちゃんもな、縁があったんだぜきっと。道端で拾われてうちに来てさ。だから、毎日旨い飯を食ってさ。それで力をつけてさ。

どうしようもない親に頼らないで、自分で楽しく生きられるようになってくれればいいんだけどな。きっとまだゴタゴタがあるだろうけどな。美也ちゃんには、俺は体力だけはあるから心配しなくていいって言ってあるさ。

最近あれだよな。何とか食堂ってんで、子供たちを集めて飯を食わせるような集まりがあるんだよな。いろんな家庭の事情で家で食べられないとか、食べられても一人だとかでさ。

それ自体はいいことだとは思うんだが、やっぱりあれだよな。そういう子供たちが増えちまうっていうか目立っちまうのは、国のやり方ってのがどっか間違っているからだと思うよ。

そりゃあ人生ってのはそいつが選んだ結果だろうけどさ。いろいろさ、国のやり方ってもんをおかしくさせちまっているから、変なふうに物事を進めちまっているから、それが巡《めぐ》り巡りって結局自分の生き方を間違っちまう奴が多くなるんだよ。

頭のおかしい奴はいるさ。どう頑張《がんば》っても早くに死んじまう奴もいるだろう。それは、人間だって普通の生き物なんだからあたりまえだろうさ。どんな生き物にも強いのもいれば弱いのもいるし、真っ当な奴もいればおかしい奴もいるのさ。そういうもんだよ。

でも、人間ってのには知恵があるんだよ。どんな奴でもちゃんと生きられるように考えてうまく世の中が回るようにする知恵ってのがさ。その知恵を使えない連中が政治をやってっから、どんどん国が駄目になっていくんだよ。

それのしわ寄せが子供たちに来るってのは、絶対にそれこそ間違っているんだよ。だから、子供たち全員が毎日楽しく飯を食えないってのは、国が駄目だからなんだよ。

そんなことをこんな食堂の親父《おやじ》が考えてもしょうがねぇんだけどな。

まぁ旨くて安い飯を食べてもらうことしかできねぇんだけどさ。それを自分の一生の仕事として、不器用なりに頑張ってりゃ、いつかは神様がよくやってるじゃないかってプレゼントのようなことがあるんじゃねぇかって思っていたんだけどさ。

神様はいるよな。

まさか、俺の店からスターが誕生するとはね。いやまだ誕生してないけどな。そういう意味じゃ卵にもなっていないけどな。

いや違うな。卵になる前からいきなりスターとして生まれてんだきっと。二方《ふたかた》はさ。

確信したよ。キュウさんが陰ながら、いやトラックの運ちゃんをしながらだけど、二方が東京に出て俳優になるまでのプロデュースを買って出てくれて、連れてきてくれた元ミュージシャンの見村《みむら》さんが演出した二方の一人芝居。

明日の本番を前に照明も組んで音響も入れて、リハーサルってのか、芝居の世界じゃゲネプロとか言うんだって？

それを見せてもらって、本当に、心底《しんそこ》思ったよ。

二方は、俳優になるべくして生まれた男だったんだって。

あいつが高校生のときの芝居を観て感動した俺は、けっこう芝居を観る眼《め》ってもんがあったんじゃないかってな。

人の縁ってのは、おもしろいもんだなってつくづく思ったよ。道場の近所の高校生のガキとまさかこんなふうに繋《つな》がっていくなんてな。

今夜が本番の日だ。

二方の一人芝居。

「十一くん」

「あいよ」

「なんだか落ち着かないね朝から」

金一《きんいち》さんが笑った。

「いや、そうなんだよなぁ」

「十一ちゃんが緊張してどうすんのさ」

「いや、そうだけどさ」

みさ子さんとふさ子さんにも笑われちまった。

「何だかそわそわしちまってさ」

自分がリングに上がるわけでもないのに、なんていうか緊張感があるんだよな。まるで大昔に初めてプロとしてリングに上がったときの、最初の試合のときみたいなさ。

内緒にしておいてくれって、二人の男に頼まれていたせいもあるんだと思うぜ。

一人は、キュウさんだ。広告の仕事をやってた頃に知り合いになっていた映画監督の長谷川《はせがわ》さんを呼んだって言うんだ。長谷川監督っていえば、そんなに映画を観ているわけでもない俺でも知ってる有名な監督だ。カンヌだったか？　そういう映画祭で賞を貰った映画を撮った人だよな。

その人が二方の芝居を観に来るってんだ。別に長谷川監督に認められたからっていきなりスターになれるわけじゃないだろうけどさ。それでも、あいつが役者としてやっていくいいきっかけになるよな。

もう一人は、蓑原顕司《みのはらけんじ》さんだ。

二方の芝居の後にちょっとだけ芝居をすることになった。それがそもそもびっくりだけどな。

蓑原さん、何だかすげぇ二方のことを気に入ったらしくてさ。テレビ局のプロデューサーを呼んだってさ。他にも二方のためになるだろうっていう映画の関係者やマスコミの人間を呼んだらしいんだ。自分がこんな一人芝居やるなんて滅多にないんだから、絶対に顔を出しておけって言ったらしいよ。

二方は単に自分のために一人芝居をやるってのに、何だかその裏側ではえらいことになっちまったんだよな。

全部の事情を知ってるのは俺だけなんだから、ある意味緊張するなって方が無理っても
んだよな。

「たくさんお客さんが来てくれるといいけどねー。お巡《まわ》りさんは来るって言ってたよー」

「お、そうかい」

二階堂《にかいどう》さんな。演劇好きだって言ってたもんな。他にも二方の同級生なんかも来るって
言ってたよな。

「いらっしゃーい」

開店したばかりの朝の八時半だ。ほとんど同時に入ってきたのは若い男。見たことない
けど、どっかで見たような気もする。

店の中を見回して、すぐに厨房のあるカウンターの方へ向かってきた。

「お仕事中、すみません」

「はいよ」

何かの営業かと思ったけどな。爽《さわ》やかな笑顔の若者。

「二方将二《しょうじ》と言いますが、本橋十一さんですか」

二方将二？

思わず、おお！　って声が出ちまったよ。

「二方の、弟くんか！」

はい、って笑った。その笑顔が確かに二方にそっくりだった。普通の顔してるときには気づかなかったけどな。

「兄がお世話になっています」

「いやいや、こちらこそだ」

弟くん、将二くんか。

「確かに似てるけど、微妙《びみょう》に違うな。どっちがどっち似なんだ？」

弟くんが笑った。

「僕は母親似だって言われます。兄は、父親似ですね。でも、二人とも小さい頃の写真はそっくりです」

弟くんは東京の立派なホテルで、ホテルマンをやっているんだって前に二方に聞いた。なるほどって思ったよ。物腰や喋《しゃべ》り方がものすごく丁寧《ていねい》だ。

他人に接するときに、自分のことじゃなくまずその人のことを第一に考えるんだよな。ホテルマンってのはそういうものさ。仕事で身に付いたものが普段から出ちまうんだろうな。

あの兄にしてこの弟ありか。

いいな、いい兄弟だ。きっとおふくろさんも、亡くなった親父さんも、愛情一杯にこの二人を、いや妹もいるって言ってたな。三人を育て上げたんだろう。

「二方は、いや君も二方だな。兄貴は昨日までは二階に泊まっていたんだけどな。今日は自分の部屋からここに来るはずだぜ」

「いいえ、兄にはもう連絡はしてあるんですけど、実はお願いがあって」

「お願い？」

「はい」

「俺にかい？」

そうです、って笑顔で弟くんは頷《うなず》いた。

「兄のことで、そして兄には内緒にしてほしいんですけど」

内緒。

「君もか」

「も？」

いや何でもない。

三人目だけどな。

「こっちの話だ。すまん。で？　何を内緒にしてほしいって？」

「実は、僕は今日の夜の兄の芝居、観に来るつもりでいたんですけど、ちょっと仕事の打ち合わせが入ってしまって来られなくなってしまったんです」

「おう、そうか」

そりゃ残念だ。

「でも、僕と一緒に来るはずだった人がいて、その人は間違いなくここまで自分の車で東京から来るんですけれど、できれば芝居が終わるまで兄と顔を合わせない方がいいと思うんです」

「ほう」

「たぶん夕方には着くと思います。十一さんに事前に電話で連絡させますので、兄にばったり会ったりしないように、二階の部屋を貸してあげてほしいんですが」

なるほど。

「まぁそりゃあ全然構わんけど、誰だいその人は」

顔を寄せてきて、弟くんがその名前を出した途端《とたん》に察《さっ》したぜ。

「本当かよ」

「本当です」

弟くんがにっこり笑った。

芝居が終わった後、客席を見て驚く二方の顔がますます見物になったな。

「こりゃあ」

☆

リングでやる催《もよお》し物はいつもそうさ。営業中にやる。だから、関係のない飯を食いに来ただけのお客さんも、観たり聴いたりしようと思えばできる。入場料なんか取ってないものが多いからな。

でも、今回は、二方の人徳ってのかな。近くの錦織《にしきおり》の集落の連中なんかがほとんど来たってぐらいになっちまったんだよ。皆、二方の会社の薬を置いているんだ。他にも遠くから車で駆《か》けつけた人たちが大勢いてさ。

晴れて良かったよ。いつも通りにうちに飯を食いに来たトラックドライバーたちに〈今夜は貸し切り〉ってわけにもいかないからさ。外にテーブルと椅子《いす》を置いて、〈七時からの一人芝居を観ない方はこちらでどうぞ〉ってことにした。そうしなきゃ二方の芝居を観に来た人たちが入れないぐらいに、いわゆる〈満員御礼〉になっちまったからさ。

知らないで来た運ちゃんたちも驚いていたけど、たまにはいいなって笑っていたさ。外で飯を食うなんて久しぶりだってな。いちばん喜んでいたのは喫煙《きつえん》する連中さ。外でならテーブルに座ったままで堂々と煙草を吸えるからさ。一応、煙草を吸う連中はこっちのテーブルでってわけたけどな。

始まりだけは、俺も厨房に立ったまま観た。何度も練習で観ているからな。注文もこなさなきゃならんから、全部は観られない。

時間になると、ベルが鳴った。

開演のベルだ。普段は天井の蛍光灯だけのリングは、蛍光灯は消されてイントレってやつに仕込んだ照明のスポットが当たった。拍手が起こる。

たぶん〈国道食堂〉始まって以来の人数がそこにいる。テーブルはほとんどとっぱらって、椅子やベンチがずらりと並んでいるんだ。とにかくもう借りられるだけあちこちから椅子やらベンチを集めたよ。廃校になった小学校にたくさん椅子があるってんで、そこからトラックで運んでもらったさ。なんたってトラックドライバーなら山ほど知り合いがいるからな。

二方が、リングの向こうから上がってくる。白いワイシャツに黒いパンツ。ネクタイをしている。いかにもサラリーマンといった風情《ふぜい》だ。

いや、そのものだ。

仕事を終えて、自分の部屋に帰ってきたサラリーマンだ。その疲労感がこんな遠くまで伝わってくる。

手に持っているのは手紙やらなんやらだ。実際には持っていないのに、きっとアパートの郵便受けから取ってきたんだってのがわかる。本当にわかるんだ。

ＢＧＭが流れる。全部オリジナルだ。見村さんが大急ぎで作ってくれたらしい。

二方が、椅子に座りながらネクタイを外《はず》す。外しながらテーブルの上に置いたＤＭやチラシの類《たぐ》いにふと目を留める。

その中から、ひとつを取り出す。

『向井《むかい》？』

普段の二方の声とは違うよな。いや、同じなんだけど、張りが違う。こんな遠くの厨房にまでマイクを通さなくても聞こえる。実際にはマイクで拾っているんだけどな。

『手紙を？』

驚きながら、ゆっくりと、まるでパントマイムみたいな動きで二方が回転しながら立ち上がっていく。

舞台が変わったのが、はっきりとわかった。

ＳＥってのが入る。効果音だ。

二方が、周《まわ》りを見回すと、風が吹く。髪の毛が揺れてアパートの部屋から、舞台は外に移っていく。

二方の身体《からだ》に、若いエネルギーが満ちる。さっきまでのくたびれ果てたサラリーマンから一変する。

笑顔が、輝く。

『向井！』

高校生になった二方が、そこにいる。

『何サボってんだよ』

「ちゃんと高校生に見えるんだよねぇ」

金一さんが隣で小さな声で言った。

「そうなんだよな」

「役者ってのは、すごいねぇ。本当に違う人になりきっちゃうもんねぇ。カレーライス大盛りとギョーザひとつずつね」

「あいよ」

向こうの光り輝くリングの上では、二方の芝居が続いている。

俺は、料理を作って客に出す。

飯を作る音が響《ひび》くこんな食堂なんかじゃなくて、しかもリングなんかじゃないところで二方に演技をしてもらいたいが、きっとすぐにそれは実現すると思うぜ。

俺が今度二方の演技を観るのは、テレビか映画館だ。

間違いなくな。

二方がリングから降りたと思ったら、突然古いジャズが流れ出す。

観ていた皆がちょっと驚いた空気が流れたのがわかった。

今までの芝居の中ではジャズなんかまったく使われなかったからだ。しかも、本当に古い映画で流れるような音質の、まるでLPレコードを流しているみたいだ。雑音が混じっている。

そこに、蓑原顕司が出てきた。リングに上がってきた。

老人の歩き方だ。二方とまったく同じ服を着ているので、たぶんお客さんは二方がまた戻ってきたかと思ったろう。

巧《うま》いな。

本当に役者ってのは、巧い。蓑原さんはまだ六十代なのに、もう八十ぐらいのおじいさんに思えてくる。

『あぁ、やっているな』

声が響く。その声を聞いて、お客さんがまた驚く。驚くよな。蓑原が最後に出てくることは一切教えていなかったからさ。

二方じゃない。しかも、どこかで聞いた声だ。テレビや映画でよく聞いた独特のかすれた声だ。

どこかでハラケンじゃないか、って小さな声がした。声にならない、音にならない騒《ざわ》めきみたいなものが一気に広がっていった。

お客さんはたぶんほとんどが蓑原さんのことを知ってる年代だよな。むしろ、蓑原さんのファンがいちばん多い年代の人ばかりじゃないか。

二方の芝居が終わったと一瞬思って、落ち始めた食堂の中の熱気がまたぐんと上がったような気がする。

（さすがだよなぁ）

悪いが、今の二方とは役者としての存在感がまるで違う。今はそうでもなかったとしても一時代を築いたような人とは、その度量に天と地ほどの差があるんだよな。きっと二方にもそれがはっきりとわかったと思うぜ。

蓑原さんは、リングのコーナーに置いてあった小さなスツールを真ん中に持ってきて、そこに腰を下ろす。ゆっくりと。

そして、静かに呼吸をして周りを見回す。顔にほんの微《かす》かに笑みが浮かんでいる。髪の毛を直す仕草《しぐさ》をした。

それだけで、心地《ここち》よい微風《びふう》が吹いているように思えた。そして遠くを見ているその目つきで、どこか高いところに座っているんじゃないかと思えた。

何かの音がスピーカーから響いた。子供の声、微かなそよ風、水の音、バットがボールを打つ音。

その光景が、眼前に広がった。

土手だ。河原にあるグラウンドだ。野球場だ。そこで少年たちが野球をやっている。蓑原さんは、土手に座って風に吹かれて、それを見ている。

穏《おだ》やかな気持ちで。ゆったりとした心地よさを感じている。

『野球好きになるなんてな』

隣にいる誰《だれ》かに話しかけている。いや、話している。

一人語りが続く。

そうか、自分の子供だ。息子だ。

老人になった二方が、自分の息子と話しているんだ。そしてグラウンドで野球をやっているのは、二方の孫か。

それで、二方が演じた男は幸せな結婚をして、子供ができて、そして今は孫も元気に育っていることがわかる。満ち足りた人生を送り、そしてその人生が終わりに近づいていることがわかった。

静かに、リングが暗くなっていった。


あの子か。

子なんて言っちゃ申し訳ないな。あの女性だ。

顔なんかもう忘れちまっていたけど、見た瞬間に浮かんできたよ。

高校生のときの、彼女。

池野美智《いけのみち》さん、だったな。

きれいになったな。いい女になったたな。大きな瞳《ひとみ》が潤《うる》んでいたな。二方の姿を見るのも、十何年ぶりなんだろう。

リングの上で蓑原さんと二人で拍手を受けている二方は、まるで気づいていないな。ずっと客席の方が暗かったからな。

よし、電気を点《つ》けるぜ。

弟くんがいい仕事したよ。勤めているホテルのレストランに客でやってきた池野美智さんを偶然見かけて、声を掛けて。

まだ独身だってな池野美智さん。そして、二方のことをずっとずっと思っていたってな。そりゃあ東大卒のバリバリのキャリアウーマンってやつだしもう三十過ぎだ。恋の一つや二つ、恋人の一人や二人はいたこともあっただろうけどな。

心の片隅に、別れたくはなかった高校生の頃の恋人だった二方がずっとずっといたってさ。そのせいで、今も独身なのかもしれないってな。

そういう話を本人から聞き出したってんだからさ。マジでグッジョブだぜ弟くんよ。お前さんも、自分のためにいろんなものを諦《あきら》めて必死で働いてきた兄貴に、大好きな兄貴に恩返しがしたかったんだよな。

良かったよ。

良かった。

ほら、見ろよ。彼女の笑顔を。

二方の驚いて、喜んでいる顔を。

まぁ、また二人が今度こそしっかりと恋人になって幸せな結婚でもするかどうかは、それればっかりはどうなるかわからんけどさ。

あの顔を見られただけで、いいってもんじゃないか。

二方がスターにならなくても、この一人芝居をやった甲斐《かい》があったってもんじゃないのかね。

☆

テーブルや椅子を店の中に運んでいたら、二方が走ってやってきた。

「あれ？　なんだよ」

「手伝います」

「いや、いいんだぜ？　彼女は？」

池野美智さん。感動の再会だってのに。

「一緒に帰ればいいじゃないか。片づけなんかすぐに終わるからやっとくぜ」

「いや」

恥ずかしそうに笑った。本当にお前っていい笑顔をするよな。

「明日も仕事があるそうで、もう東京に帰っていきました」

「あ、そうなのか」

忙しいんだな。

「連絡先、もちろん交換したよな？　また会うんだよな？」

頷いた。

「会います。今度はたぶん東京で」

「そうだな」

そうこなくっちゃな。

「さっき、弟に聞いて驚きました。十一さん知ってたって」

「おう」

思わずにやりとしちまったよ。

「弟くんに感謝しておけよ。なんか旨いものでも食わしてやれ」

「そうします」

二人でテーブルを店の中に運んでいく。俺は一人で持てるんだが、二方は一人じゃきついだろ。

「偶然って凄《すご》いですね。まさか彼女が弟にホテルでばったり会うなんて」

そうだな。

でもよ。

「その偶然を生んだのは、お前の意志かもしれないよな」

「意志？」

「一人芝居をやろうってお前が決めていなかったら、彼女はここに来なかっただろうさ。弟くんもひょっとしたらそのまま彼女と別れたかもしれないだろ。兄貴が一人芝居をやろうとしてる、なんて決まってなかったらさ」

二方は、少し考えてから頷いた。

「そうですね。確かに。でも、そうなると」

テーブルを置いて、二方は店を見回した。

「僕がここに来なかったら、そしてここにリングがなかったら、また彼女に会うこともなかったってことですね」

おっと。

「そういうことだな」

リングが繋いだってことだな。

あの古びたリングも本望だろうな。第二の人生がそんなふうに人の縁を繋ぐものになってな。


（1st season　完）

この作品は2020年1月徳間書店より刊行されたものに、加筆修正をいたしました。なお、本作品はフィクションであり実在の個人・団体などとは一切関係がありません。

徳間文庫

国《こく》道《どう》食《しょく》堂《どう》 1st season

2023年5月15日 初刷
2024年9月30日 2刷

著者 小《しょう》路《じ》幸《ゆき》也《や》
発行者 小宮英行
発行所 株式会社徳間書店
東京都品川区上大崎三-一-一 〒141-8202
目黒セントラルスクエア
電話 編集〇三(五四〇三)四三四九
販売〇四九(二九三)五五二一
振替 〇〇一四〇-〇-四四三九二
印刷
製本 株式会社広済堂ネクスト

ISBN978-4-19-894858-0 (乱丁、落丁本はお取りかえいたします)